5分 シリーズ

5分後に切ないラスト

エブリスタ 編

Hand picked 5 minute short,
Literary gems to move and inspire you

河出書房新社

目次

Contents

［カバーイラスト］細居美恵子

エブリスタ×河出書房新社

［ 5分後に切ないラスト ］

Hand picked 5 minute short,
Literary gems to move and inspire you

おやすみ、また明日。

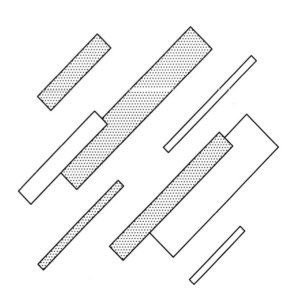

相沢泉見

あー、良く寝《ね》た。おっ、コースケじゃん。お見舞《みま》いご苦労。

いやぁ、参ったね。突然《とつぜん》入院なんてさせられてさぁ。……なんだよそんなシケたツラして。え？　あたしの顔色、そんなに良くない？　あはは大丈夫《だいじょうぶ》だよ。ちょっと寝すぎただけ。

なんか突然交通事故に巻き込《こ》まれてさぁ、意識なくして、気が付いた時にはこの有様だったんだ。

でも、ちょこっと頭を道路にぶつけただけで、ホラ、こんなにピンピンしてるし。検査入院ってやつだよ。今まで病院なんてあんま来たことねーけど、検査とか入院ってマジ面倒臭《めんどうくさ》くて退屈《たいくつ》なのな。ただこうやってベッドの上に居ろって言われて、やることないから寝っぱなしだよ。

だから大丈夫だって。何てったってあたしの取《と》り柄《え》は頑丈《がんじょう》なこと。ガキの頃《ころ》から高二の今まで風邪《かぜ》一つ引いたことないんだ。コースケだって知ってんだろ？　あたしの渾名《あだな》は『不死身のふーちゃん』。だから大丈夫。そんなショボくれた顔すんなよ。

あ？　何？　お見舞いくれるのか。何だ菓子《かし》かよ。もっとこう、血の滴《したた》る松阪牛《まつさかうし》とか持ってこいよ。

……なんて、ジョーダンジョーダン。あたしこのザラメ煎餅《せんべい》大好きなんだ。覚えててくれたんだな、コースケ。さすがは生まれた時から一緒《いっしょ》に過ごした幼馴染《おさななじ》みだ。うまそうだけど、食うのは明日にする。なんか眠《ねむ》くってさ。もうひと眠りしとくわ。

良かったらまた明日、来てくれ。退屈なんだ。

じゃ、おやすみ、コースケ。

ふわぁー。またずいぶんと寝た気がする。いい加減起きるかね。

おぉコースケ、来てたか。おはよう……って、もう夕方か。なんか時間の感覚なくなるな、入院してると。

げっ、なんだこの腕《うで》。ホラ、見てくれよ。入院前はがっつりチカラこぶができたのに、こんなに細くなってる。

昨日は結局、寝ててメシ食いっぱぐれたんだ。ああ、点滴《てんてき》してっから栄養は大丈夫みたいだけどな。しっかし、ちょっと入院しただけでこんなに衰《おとろ》えるなんて、あたしもまだまだだな。退院したらちゃんと食って、リハビリして、運動もしねーと。

あっそうだ。せっかくだし昨日お前がくれたザラメ煎餅、一緒に食うか。

……あれ？　ここに置いといたのにないな。あーこりゃ、盗《ぬす》み食いされたわ。うちの母さんに。母さんの奴《やつ》、あたしが寝てる隙《すき》に持って帰りやがったんだ。くそー、楽しみにしてたのに。あとで抗議《こうぎ》してやる！

え？　煎餅はまた買ってくるからそんなに怒《おこ》るなって？　ハハッ。コースケ、お前は相変わらず甘《あま》っちょろい性格してんな。

そう言えば、コースケはおむつの頃からあたしに毎日おやつ取られてたけど、そんなに怒らなかったもんな。そのくせ、あたしが誰《だれ》かとタイマンはってちょっと怪《け》我《が》しただけで、烈火《れっか》のごとく怒るんだ。

はいはいわかってるよ。心配してくれてたんだろ？

あたしがどんなに無茶しても、離《はな》れていかないのはコースケくらいだよ。いつも真面目に説教するだけでさ。

あー、昨日言い忘れてたけど、入院なんてしちまって、心配かけたよな。ごめん。退院したらちょっとは真面目になるかな、あたし。コースケにこれ以上心配かけるのも悪いしさ。

なんだよ泣きそうな顔しやがって。恥《は》ずかしいからそんなに見つめるなよ。

なんか眠くなってきたし、あたし寝る！

おやすみ。明日は煎餅買ってきてくれよ。


……なんか、頭がボーッとする。寝すぎた。

ああ、コースケ、今日も来てくれたのか。ん？　お前、昨日とちょっと感じ違《ちが》わないか？　なんか大人っぽくなってる。

え？　ああ、何だ。昨日あれから床屋《とこや》に行ったのか。ずいぶん大人しい髪形《かみがた》にしたな。でもなんか似合ってるぞ。お堅《かた》い企業《きぎょう》に勤めてるリーマンみたいで。

あれ？　お前何か背も伸《の》びてねーか？　前はあたしより小さくて、もやしっ子みたいだったじゃん。

え？　成長期の男子なめんなって？　中学の後半からもうあたしのこと追い越《こ》してたって？　あはは、悪ィ悪ィ、気付かなかったわ。いつまでも『弱虫コースケ』じゃねーんだな。

あ？　え？　何だよ内緒話《ないしょばなし》なんて……え？

……ななな、何だよ！　何で今、好きとか付き合ってくれとか、そういうこと言うんだよ！　なんだこれドッキリか？　あのなぁ、いくらあたしが入院生活で退屈してるからって……え？　マジなの？　幼稚園《ようちえん》の頃からって……。

いやいやいや！　嫌《いや》だって言ってるわけじゃねーよ？　ただ突然すぎて、ビックリして……。えーと、そう返事。返事だよな。

今じゃなきゃダメか？　ちょっと今、心臓が口から出そうで、落ち着かねーんだ。ちゃんとコースケの顔見て返事したいし。なんか眠くなってきたし。

ごめんな。いったん寝て、起きてすっきりしたら、ちゃんと返事すっから。

おやすみコースケ。また明日。


あー。まーた寝すぎたか。暗いな。何時だ今。

あれ、誰だそこにいるの。コースケ……？　コースケだろ。何だよカーテンの向こうから声出して。中入ってくりゃいいのに。

ん？　ちょっと風邪気味だからそこでいいって？　風邪ぐらい大丈夫だよ。顔が見たいんだ。入ってこいって。あ？　どうしてもダメ？　わかった、そこでいいよ。

ホントは顔見て答えたかったんだけどさ。何って、その……告白の返事だよ。

ん、返事、ずっと待ってたって……？　何だよ、お前が告白してきたのはつい昨日じゃん。正直あたしまだ、心の準備ができてねーんだけど。ああ、わかってる。ちゃんと返事するよ。今。

えーと、その、あ、あたしもコースケのこと……。

あ……れ、なんか眠くなってきた。

ダメだ。ごめん、明日こそちゃんと言うから。今は寝かせてくれ。

おやすみコースケ。明日……。また、明日。

あ……コースケ。来たか。うん、今起きる。

あれ……なんか身体が重いな。全然力が入んねー。声もばーさんみたいにしゃがれてるし。

お前昨日、あたしに風邪移しただろ。ああ最悪だ。起き上がれやしない。

ん？　何か妙《みょう》な感じがするけど、そこにいるのコースケだよな。なんか目がカスんで良く見えないんだけどさ……。

告白の返事をくれって？　お前もせっかちだな。退院するまで待てねーのかよ。

え？　待てないって？　わかった。答える。

コースケ、あたし、コースケのこと……。

ああ、眠い。まぶたがくっつきそうだ。でも今日は……言わないとな。

あたしもコースケが好きだ。

……言えた。言えたから、もう眠っていいよな。

おやすみコースケ。また明日。

明日も明後日も、ずっとそばにいてくれ。

＊＊＊

白いベッドに横たわる『彼女《かのじょ》』の言葉を聞き終えて、僕は心から安堵《あんど》した。

この言葉を、僕はずっと待っていた。そう、ずっと前から。

感慨《かんがい》にふけりながらベッドサイドに佇《たたず》んでいると、病室の扉《とびら》がすっと開き、白衣に身を包んだ医師が姿を現した。

「患者《かんじゃ》が目を覚ましたと聞きましたが」

「はい、確かに覚ましました。ですが……」

僕はベッドの前から少し身体をずらし、医師に彼女の姿が見えるようにした。医師はそれだけですべてを察したらしく、軽く苦笑する。

彼女はベッドの上で規則正しい寝息《ねいき》を立てていた。すでに完璧《かんぺき》に寝入っている。

「今回の覚醒《かくせい》時間は、五分ほどですか」

医師は彼女の脈を取りながら尋《たず》ねた。僕は軽く首を横に振《ふ》る。

「いや、良くて三分というところですね。どこかボーッとしていました。完全に目が覚めていたわけではないようです」

「三分、ですか……。短いですね」

「はい。あっという間でした。……四十一年ぶりの覚醒だったのに」

僕は彼女が目覚めるのを待っていた。彼女の返事を待っていたのだ。

約束を果たすために。

ベッドに横たわる『彼女』は、十七歳《さい》の時に交通事故に遭《あ》った。

外傷は軽く、命に別状はなかったが、事故の際転倒《てんとう》して頭部を強打し、それが思わぬ後遺症《こういしょう》を引き起こしたようだ。

事故直後は普通《ふつう》だったが、病院に搬送《はんそう》されてから数時間後、彼女は突然眠り始めた。それ以来、人生のほとんどを眠って過ごしている。

脳の傷が睡眠中枢《すいみんちゅうすう》を刺激《しげき》しているのが原因らしいが、詳《くわ》しいメカニズムは良くわかっていない。医師は『不定期過剰睡眠症候群』と仮の名を付けた。詳細《しょうさい》がわからないのでただ見守ることしかできず、今に至る。

彼女は基本的にずっと眠ったままで、何をしても起きることはない。だが稀《まれ》に、目を開けることがあった。その時の彼女は、ごく短時間だが会話を交わせる程度に覚醒する。まるで後遺症などなかったかのように、元気に笑うのだ。

事故後、彼女が今までに目覚めた回数は、先程のぶんを入れて五回。

初回から四回目の覚醒の時に、彼女の傍《そば》にいたのは偶然《ぐうぜん》にも彼女の幼馴染みのコースケだった。

コースケは、彼女の事故後、毎日病院に通って眠っている彼女に話しかけ続けた。それが功を奏したのかもしれない。

一度目の覚醒は事故の翌日だった。

しかし二度目は、その一か月後だ。

三度目に至っては六年後。彼女とコースケが二十三歳の時だった。

そのあとしばらくして彼女の両親が亡くなった。しかし彼女自身は生きたまま、こんこんと眠り続けた。

コースケは彼女の身元を引き受け、彼女を見守り続けた。雨の日も風の日も。

そのコースケこそ、僕の父親の兄である、康介伯父《こうすけおじ》だ。

康介伯父は三十五歳の時、彼女の四回目の覚醒に立ち会った。

三回目と四回目の間は約十二年。つまり覚醒の間隔《かんかく》はどんどん長くなっていた。

しかし彼女自身は一日程度しか経っていないと思い込んでいたようだ。

鏡もなく代わり映えのしない病室の中、ごくわずかな間だけ意識を取り戻《もど》す彼女にとって、時間の経過が曖昧《あいまい》になるのは仕方のないことだろう。

医師と彼女の関係者たちは、彼女にショックを与《あた》えないように、時間の経過を隠《かく》そうと話し合っていた。伯父は四回目の覚醒の時、相応に年を取った姿を見られないようにカーテンの後ろに隠れたという。

僕が生まれたのは、その四回目の覚醒のあとだ。寝たきりの彼女に、どうして康介伯父が付き添《そ》っているのか、幼い頃からずっと不思議だった。時はさらに流れた。五度目の覚醒がいつ起こるのか、あるいはもう起こらないのか、わからぬままに。

僕が伯父から事情を聞かされたのは昨年のことだ。四度目の覚醒から四十年の月日が経とうとしていた。

康介伯父は、彼女の事故とそれによる後遺症を僕に説明し、さらに自分と彼女の関係を聞かせてくれた。

僕は康介伯父がずっと独身を通していた理由をその時初めて知った。

伯父は彼女に寄り添いながら、彼女が再び目を開けるのを信じていた。伯父の気持ちに応えてくれるのをずっと待っていたのだ。

愛の一言で片づけてしまうには余りにも長い時間だった。甥《おい》の僕でさえもう中年になっており、妻子がいる。

伯父は長い時間一人で彼女を見守り続けた。そしてその果てに僕に言った。彼女のことを頼《たの》む、と。

すでに七十五歳の康介伯父の肺には癌《がん》が巣食っていた。もう先が長くないことを知り、僕に彼女を託《たく》したのだ。

僕は伯父と約束した。

彼女の五度目の覚醒に立ち会うこと。そして、彼女から告白の返事を聞くこと。その後彼女が息を引き取るまで、伯父の代わりに見守ること。

伯父は僕が頷くのを見ると穏《おだ》やかに笑った。それから数か月も経たないうちに癌が悪化し、息を引き取った。

正直、彼女の五度目の覚醒は絶望視されていた。再び目覚める前に眠りながら死を迎《むか》える確率の方が高いと思われていた。

そして万が一目覚めても、僕が席を外している時だったら意味がない。僕は伯父の後を引き継《つ》いで彼女を見舞った。かつての伯父がそうしたように、仕事の合間を縫《ぬ》って多くの時間を病院通いに充てた。

いつ目が覚めるかわからない以上、賭《か》けのようなものでしかなかったが、しかし不思議と、僕はその賭けに勝てるような気がしていた。何といっても僕には伯父との約束がある。彼女のことが絡《から》むと、何か不思議な力が働いているように思えたのだ。

かくして、僕は賭けに勝った。

老化のせいで目が良く見えず、彼女は僕のことを康介伯父だとカン違いしていたらしい。だが時間の経過が露見《ろけん》せずに済み、かえって良かったと思う。

「もう、彼女が目覚めることはないかもしれませんね」

医師は無機質なパイプベッドを見下ろした。そこには真っ白な髪をした小さな老女が眠っている。

老女の瞼《まぶた》は固く閉ざされていた。先程覚醒した時も身体に力が入っておらず、夢うつつだった。医師の言う通り、おそらく彼女はこのまま穏やかに死を迎えるのだろう。

確実に小さくなっていく命の炎《ほのお》の向こうに、僕は康介伯父の姿を思い描《えが》いていた。

軽く口角を上げて、静かに彼女を見つめていた伯父の姿を。

「覚醒に立ち会えて良かったです。彼女の気持ちが聞けました。これで心置きなく、伯父と一緒のお墓に入れることができる」

僕の言葉に、医師の表情が緩《ゆる》む。

「そうですね。あなたの伯父上は、長いこと、お一人で待たれていた」

康介伯父は願っていた。彼女を精一杯《せいいっぱい》抱《いだ》きしめることを。

そのために、彼女の気持ちを聞いておきたいのだと言っていた。

彼女はじきに本当の眠りにつく。そこでやっと、二人は一緒に過ごせるのだ。

穏やかに寝息を立てる彼女の傍に、僕は身を寄せた。

そして皺《しわ》だらけの手を握《にぎ》ってそっと囁《ささや》いた。


「おやすみなさい。良い夢を」

［５分後に切ないラスト］

Hand picked 5 minute short,
Literary gems to move and inspire you

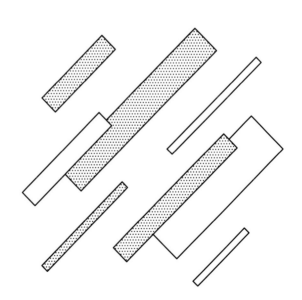

かわいくてお金持ちな私に非はない

植原翠

「お嬢様《じょうさま》、また少女漫画《まんが》など読まれて」

使用人の瀬川《せがわ》が、リビングのソファで寛《くつろ》ぐ私の邪魔《じゃま》をする。

「そんなもの読んで虚《むな》しくなりませんか？」

「あんたね。わざわざ話しかけてきて、それ？」

私は漫画から目を離《はな》さずに瀬川に低い声を向けた。屋敷《やしき》のあるじの娘《むすめ》相手に、瀬川は怯《ひる》まない。

「お嬢様が自ら地雷《じらい》を踏《ふ》みに行っているようでしたので」

「失礼ね。たしかにこの漫画は地味で貧しい女の子がお金持ちな美人にいじめられつつも恋《こい》を叶《かな》える物語だけど……別に地雷じゃないわ」

「そこは『ないわ』ではなく『ありませんことよ』……」

「私はそんなに高飛車じゃない！　なんであんたはいちいち私のキャラを勝手に捏《ねっ》造《ぞう》しようとするのよ」

瀬川は二年ほど前に雇《やと》われたばかりの、若い使用人だ。来たばかりの頃《ころ》はお父様やお母様、おばあ様と同様、私にもビクビクして必死に丁寧《ていねい》に振《ふ》る舞《ま》っていたくせに、近頃《ちかごろ》は慣れてきたのか歳下《としした》の私にだけはこういう態度をとる。ただし、周りには他に誰《だれ》もいないのを確認してからだが。

瀬川は文句なしの美貌《びぼう》で微笑《ほほえ》んだ。

「お嬢様はドMでいらっしゃる」

なぜきれいな顔をして口から似合わない言葉を吐《は》くのか。

「なんで私がマゾよ」

「お嬢様がお集めの少女漫画はよりによって『裕福《ゆうふく》』『美少女』のいずれか、またはその両方の娘が悪役で、貧相だが健気な主人公の邪魔をする作品ばかり。そしてその悪役の娘は結局主人公に負ける」

どうやら瀬川は、漫画の悪役にありがちな『裕福』『美少女』を私と重ね合わせているらしい。

裕福、それは自覚がある。幼い頃からこの大きな家で資産家のひとり娘として何ひとつ不自由したことがない。容姿も、自分でいうのもなんだが恵《めぐ》まれている。お金に物を言わせて整形したわけではなく、単純に遺伝である。

もちろん私としては、ライバルに自己投影《とうえい》などしていない。私はこの主人公のような恋がしたいのだ。

「惜《お》しいわ瀬川。漫画の悪役にはそのふたつの要素に『性格が悪い』が加わる。それとも何かしら？　瀬川は私の性格が悪いとでも言いたいの？」

「とんでもない。このような無礼を申し上げるわたくしのことを誰にも告げ口しないお嬢様の、どこが性格が悪いというのです？」

瀬川は私をからかうが、私のことが嫌《きら》いなわけではない。

「たしかにお嬢様のおっしゃるとおり、漫画のキャラには『性格が悪い』はデフォルトのように搭載されてますね」

瀬川が漫画の裏表紙を覗《のぞ》き込《こ》む。わざとらしい金髪《きんぱつ》巻《ま》き髪《がみ》のライバルが嫌味《いやみ》っぽく笑っている裏表紙だ。

「ひょっとして、『裕福』『美少女』イコール『性格ブス』……」

「だから！　あんたやっぱり私のこと性格悪いって言いたいんでしょ！」

ついに漫画を閉じて瀬川を睨《にら》んだ。怒《おこ》った私を瀬川は面白がって口角を吊《つ》り上げた。

「まさか！　わたくしは漫画の登場人物の傾向《けいこう》の話をしたまでです。お嬢様のことは申し上げておりませんよ」

使用人のくせに。

腹立たしい態度ではあるが、考えてみれば彼の言うことは一理ある。進んで集めたつもりはなかったが、私の趣味《しゅみ》に合う漫画は瀬川が言うような悪役が主人公を苦しめ、最後は自業自得で痛い目を見て終わるものが多い。

私が憧《あこが》れるのは悪役ではなく、主人公の方の芯《しん》の強さなのだが。

「なんでだろ。本当にまるでイコールで結ばれているみたいにそんなライバルばかり。ベタな設定なのかもしれないわね」

「ベッタベタなベタでございます。今時、小学生の自由帳漫画でももう少し捻《ひね》った設定にします」

今度は私の漫画の趣味が古いとでも言いたげだ。もうそこは突《つ》っ込まないことにする。

「ありきたりな設定だからこそ人々に根付くのね。お陰様《かげさま》で私も学校で陰口《かげぐち》を叩《たた》かれるわ。『性格きつそう』って」

まあ、そんな汚《きたな》らしい陰口を叩くような方々とお付き合いするつもりもないから、さほど気にはしていないけれど。

「やっぱりそうなのですね?」

瀬川が失礼なところばかり同意する。

「どうりでお嬢様のお友達はお金目当てのゴマすりリストが多いわけです」

「そんな奴《やつ》ら友達だと思ってないわよ。ていうかゴマすりリストってあんたね」

「ゴマすりがお得意でいらっしゃるからゴマすりリスト……」

「説明しなくていい」

瀬川は、バカだ。バカだが的を射ている。心から友達だと言える友達が私にいないことを見抜《みぬ》いている。でもわざわざ私本人に向かってハッキリ言うことないのに。

ソファに顔をうずめた私に、瀬川はさらに追い討《う》ちをかけた。

「固定観念《こていかんねん》というものは簡単には崩《くず》せませんよ。お嬢様、残念ながらお先真っ暗でございます」

「いいもん……」

「大好きな少女漫画のような恋も不可能です。お嬢様は金づるくらいにしか思われずに男に騙《だま》される運命から逃《のが》れられません」

「いいもん……！　お父様がいい人を連れてきてくれる予定だもの」

「それは政略結婚《せいりゃくけっこん》というのです」

ほんとむかつく。だがここで瀬川に八つ当たりしても仕方ない。私は寝返《ねがえ》りを打って顔を上げ、瀬川を見上げた。

「そもそもその固定観念はなぜ固定観念となったのかしら。なぜそんな基盤《きばん》ができてしまったのだと思う？」

「わたくしの推論ですが、『裕福』な『美少女』は生まれたときからお姫様《ひめさま》で生活や恋愛《れんあい》などに不自由したことがなく、何でも思いどおりになるから我《わ》が儘《まま》な性格に育ちやすいとされているのでは」

なるほど。たしかに、漫画の作中でそういう描写《びょうしゃ》を見かける。

「現実はそんなことないのにね。不自由がないから満たされている。満たされているから他人に対して卑屈《ひくつ》になって陥《おとしい》れようとしたりなんかしないわ」

「裕福な美少女を悪役に回したがるのは庶民《しょみん》ブスの卑屈な妄想《もうそう》とおっしゃりたいのですね」

「だから……なぜ歪《ゆが》めて解釈《かいしゃく》するのよ」

「いうなれば、満たされている、というのも」

瀬川は私をじっと見つめた。

「富や名声や美しい女を目当てに、中身を見もせずに寄ってくる者共からチヤホヤされていることを、満たされていると錯覚《さっかく》する……それを愚《おろ》かで虚しいことであると、少女漫画は訴《うった》えているのかもしれませんね」

少女漫画は、と言っているのに、瀬川の意地悪はグサグサと私の心に突き刺《さ》さってくる。まるで私のことを、お金と美貌があるだけで中身がからっぽだと、そう言われているように感じる。

私はソファに再びぐるっとうつ伏《ぶ》せになり、手に持っていた漫画を床《ゆか》に放り投げた。

「何なのよ！　いい加減怒るわよ！」

パンッと、床で漫画が音を立てる。瀬川はその本を一瞥《いちべつ》した。

「おや、今さらですか？」

「下がりなさい！」

「下がってよろしいのですか？」

「そもそも呼んでないのよ！」

こいつはいつも、私に意地悪してばかりだ。意地悪なライバルキャラのような私に、いちばん意地悪をしかけてくるのが瀬川なのだ。

瀬川は私が放り捨てた漫画を、面倒《めんどう》くさそうに拾った。

「漫画の中の意地悪令嬢《れいじょう》の行く末はご存じですか？」

「は？」

私はじろっと瀬川を睨んだ。彼は漫画の表紙をぽんぽん叩いて言った。

「大概《たいがい》、令嬢の言いなりになっている執事《しつじ》などの付き人と結ばれます」

彼は漫画をソファの前のテーブルに置くと、私の方に目をやった。そして、私の瞳《ひとみ》をじっと見つめてふわっと微笑む。

「中身を見ずに寄ってくる者とではなく、誰よりも令嬢の傍《そば》で令嬢を見つめ続け、その性格をよく知っていて受け入れた人物と結ばれるんですよ」

瞬間《しゅんかん》、心臓がどきんとした。

私の漫画の趣味も、こんな境遇《きょうぐう》ではあるが私が漫画の悪役のような性格ではないことも、瀬川は傍で見ている。付き人として、彼は用がなくても私の傍に現れる。

そして余計なことを言う。

顔が熱くなってくる。どうせいつもの冗談《じょうだん》だ。私をからかっているだけに違《ちが》いない。分かっているのに、胸がバクバクと高鳴って落ち着かない。

「何よ……瀬川、何を言ってるの」

心臓の辺りを手でぎゅうっと押《お》さえて、震《ふる》える声を絞《しぼ》り出した。

「今のは何よ。どういう意味?」

瀬川はわざとらしくきょとんとして首を傾《かし》げた。

「おや、何を興奮していらっしゃるのです。漫画の傾向の話ですよ?!」

「あんたの発言にはいつも、言外に含《ふく》みが……」

「そんなものはありませんよ。わたくしはたしかにお嬢様の付き人で、漫画であればその立場かもしれませんが」

ニヤアッと挑発的《ちょうはつてき》に笑って、彼は私に背を向けた。

私はその背中に何かを叫《さけ》ぼうとした。が、喉《のど》で詰《つ》まって言葉にならない。だめだ、頭がぼうっとしてきて、働かない。

「ま、待ちなさいよ」

やっとそれだけ言ったのだが、彼はソファに寝そべる私を放って部屋から出ていく。

「お嬢様が『下がれ』とおっしゃるので、瀬川は下がります」

「待ちなさい!　待ちなさいって言ってるでしょ!」

追いかければいいのに、私の体はソファに寝転がったまま起き上がれない。腕《うで》がぷるぷるして、力が入らないのだ。

彼は顔をちらりとこちらに振り向かせた。

「生憎《あいにく》わたくし、ガキには興味がございませんので」

長い睫毛《まつげ》が少し下がって、不敵に笑む。私はその見返る姿に釘付《くぎづ》けになって、声が出せなかった。微動だにできない。

瀬川はパタンと扉《とびら》を閉めて、部屋から立ち去ってしまった。私は数秒間、閉まった扉を見据《みす》えていた。どれくらいの時間そうしていたかも分からない。

横目でちらりと、テーブルの方を見る。瀬川が置いていった少女漫画が鎮座していた。

地味で貧しい女の子が、素敵な男の子に出会って幸せな恋を叶える物語だ。こういう、運命的で愛情に溢《あふ》れた恋物語に憧れていた。

表紙を見るだけで現実を忘れてきゅんとできるはずなのに、なぜだろう、今は瀬川の意地悪な微笑みが頭から離れない。こんな感覚は初めてで、何からどうすればいいのか何も分からない。

もしこの感情を恋とするのなら、憧れていた少女漫画とは違う。それでも、やり直しなんて利きそうにない。

息苦しくて身動きさえ取れない。

「最悪……こんなはずじゃなかったのに」

ソファに突っ伏《ぶ》して、私はため息をついた。とりあえず今夜はきっと、寝付けない。

［ 5分後に切ないラスト ］

Hand picked 5 minute short,
Literary gems to move and inspire you

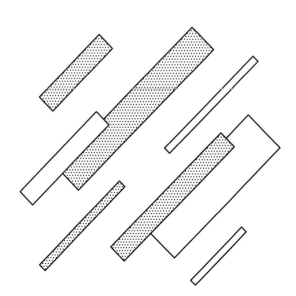

なつのかけら

北沢あたる

夏休みの間は祖父母の家で過ごすことが、我が家の定番になっていた。

両親が共働きで、兄弟のいない私は、完全なる鍵《かぎ》っ子で、帰っても誰《だれ》もいないリビングで一人、コンビニのお弁当を食べる毎日だった。

せめて夏休みくらいは温かい家庭料理をと、母親なりに気を遣《つか》ったつもりなのだろう。

一学期の終業式が終わると、約一か月分の荷物を積んで、母親が故郷である町まで車を走らせるのだ。

母の故郷は、三方を山で囲まれた小さな田舎町だった。山間に集落がぽつぽつと並び、その先には内海が見える。

波は穏《おだ》やかで、遊泳は禁止されてはいないが、小さすぎるので、観光客はよりつかず、地元の子供たちが、夏休みの間に海水浴を楽しむ場所のようだ。

祖父母の家のベランダから、通りを挟《はさ》んで、碧色《あおいろ》に広がる海を眺《なが》めていると、近所の子供たちが水着姿で浜辺《はまべ》を駆《か》けているのが見えた。

何もない、退屈《たいくつ》な町だった。

祖父母の家には、母親の姉夫婦が同居していた。

伯母《おば》は専業主婦で、家の外でバリバリと働く母親と比べると、温厚だった。優しくて、親元を離《はな》れて一人の私に気を遣ってくれる。

「一緒《いっしょ》に買い物に行こうか？」

「晩御飯《ばんごはん》の準備、手伝ってくれると嬉《うれ》しいな」

「散歩に行かない？　夜の浜辺を歩くのも、気持ちいいものだよ」

伯母さんの誘《さそ》いにいつも笑顔を張り付けて、首を横に振《ふ》った。

気を遣ってくれるのはありがたかったけれど、正直なところ、その優しさが迷惑《めいわく》だった。

きっと、かわいくない子だと思っていたかもしれない。けれど、伯母さんは、毎日変わらず、笑顔で私に接してくれる。

伯母さんには、二人の子供がいた。二人とも女の子で、私よりも年上だった。長女は今年、中学三年生になり、次女も中学生になった。

以前はよく面倒《めんどう》を見てくれて、大好きだったお姉ちゃんたちは、中学生になったら、変わってしまった。部活もあるし、友達や彼氏《かれし》と遊ぶのに忙《いそが》しいらしい。

小学生の私と遊ぶなんて、子供っぽいこともうしないんだって。自分たちだって、少し前まで小学生だったくせに。

きっと小学生と中学生の見る世界は違《ちが》うんだと自分に言い聞かせて、私はお姉ちゃんたちと距離《きょり》を置いたのだ。

夏休みの宿題は七月中にほとんど片づけてしまった。残っているのは、日記と工作だけだ。

どこかに出かけるわけでもなく、のんびりとしたこの田舎町で一日をだらだらと過ごすだけの私としては、日記を書くのは億劫《おっくう》だった。

嘘《うそ》を書くほど、想像力があるわけでもないし。

日々の唯一《ゆいいつ》の楽しみといえば、お姉ちゃんたちが持つ、巨大《きょだい》な本棚《ほんだな》に並ぶ漫画《まんが》を片っ端《ぱし》から読むことだった。

「ここにある漫画、自由に読んでいいからね」

ここに来た初日に、お姉ちゃんにそう言われた。なので、他にやることもない私は、棚《たな》の一番上、左端の漫画から手に取った。

漫画はいい。ページを捲《めく》る度に、私をここではない世界に連れていってくれる。月から地球を観察している人々の話を読んだ。私が生まれる前、ずっと昔に描《か》かれた漫画だ。

人々は輪廻《りんね》転生《てんせい》をし、現代の日本に生まれ変わる。彼らは皆《みな》、不思議な力を持っている。過去と現在が交差し、人々の能力に関する葛藤《かっとう》や恋愛《れんあい》模様にハラハラドキドキさせられる。小学生の私からしたら、ちょっぴり背伸《せの》びした大人の世界を覗《のぞ》き見しているような気分になった。

気づけば私は、全21巻を読破していた。

今、何時なのだろう？

ここでは、夜更《よふ》かししていても、怒《おこ》られることはない。

与《あた》えられた一人部屋の電気を消し、カーテンを引いて、窓を開けた。湿気《しっけ》た海風が冷房《れいぼう》の効いた部屋に流れ込《こ》んできた。ベランダの先、見下ろす地平線の彼方《かなた》から、ゆっくりと朝日が昇《のぼ》ろうとしていた。

黄色い光がぼんやりと紫《むらさき》がかった空に放たれ、周りの景色を照らし始める。寄せては返す波、足跡《あしあと》の消えた砂浜、人通りのない海岸通り。

それは希望のように、眠《ねむ》っていた世界に光を与えた。日が昇る瞬間《しゅんかん》の海を生まれて初めて見た。心地よいものだった。

だんだんと明るくなっていく景色をぼんやりと眺めていたら、浜辺に人影《ひとかげ》を見つけた。薄手《うすで》のパーカーを羽織り、フードを被《かぶ》っていた。男か女かは、ここからは確認できない。

その体の小ささから、子供だと解る。その子は、波打ち際を歩いていた。時折、しゃがみ込むような体勢になり、足元を波にさらわれそうになりながらも、のんびりとした歩調で、散歩をしているようだった。

一人なのかな？　大人が近くにいるようには見えなかった。

私は壁時計《かべどけい》で時間を確認する。『5：15』を指していた。

窓を閉め、そっと部屋の扉《とびら》を開き、耳を澄《す》ました。家の中はしんと静まり返っていた。

皆がまだ眠りの中にいるのを確認し、私はこっそりと家を出た。

ビーチサンダルを引っ掛《か》けて、海岸通りに出た。朝の空気は少しひんやりとしていて、Tシャツ姿で出てきてしまったことを後悔した。

引き返すつもりはないので、そのまま通りを渡《わた》り切り、階段を降り、浜辺へと降り立った。窓から見えた子の行方を追う。

数百メートル程先の波打ち際で、その子はしゃがみ込んでいた。

何か探してるのかな？

いきなり声をかけたら、びっくりするかな？

でも、こんな時間に子供が一人で出歩いているなんて、気になる……もしかしたら、もう会うのはこれっきりかもしれないし、変な子だと思われてもいいや。

しばらくの葛藤ののち、あの子に話しかけてみよう！　と決意し、浜辺をぐんぐん歩いて行った。

「ねぇ、何してるの？」

私はなるべく明るい声で、後ろ姿に声を掛けた。しゃがみ込んでいたその子は、私を振り返ると同時に、目を丸くさせた。私より、一回りくらい体の小さな子だった。年下かもしれない。

「驚《おどろ》かせちゃった？　ごめんね。私、あそこの家に住んでるの。住んでるっていうか、おばあちゃんちなんだけど、夏休みの間だけお世話になってるの。あ、でね、部屋から海を見てたら偶然《ぐうぜん》、君を見つけて——」

通り沿いの家を指さすと、その子の視線も私の指先を追うように、その先にある家を眺めた。

その子は視線を自分の足元へと戻《もど》すと、砂だらけの手を海水で洗った。立ち上がると、私の目の前で両手の平を開いた。

「貝殻《かいがら》を拾ってたんだ。朝の方が、たくさん見つかるから。僕も、ここの人じゃなくて、夏休みの間、おばあちゃんの家に来てるんだ。おばあちゃんの家は、あそこ」

そう言って、貝殻を左手に全て載《の》せた後で、空いた右手で山の上を指さした。華奢《きやしゃ》で白い指がさす方に顔を向けると、山の上にぽつぽつと建つ家の中で、洋館のような佇《たたず》まいの家があった。あの家の存在は知っていた。辺りに建つ家と違うし広大なので、民宿か何かだと思っていた。

夏休みの間はあそこにいるんだ。私と同じように、親に預けられたのかな？　彼は——彼？　私ははっとした。

確かさっき、自分のことを「僕」と言っていた。

男の子だったんだ……

私はじっとその男の子の顔を覗き込んだ。

日焼けを知らない青白い肌《はだ》に、真ん丸の黒目に黒縁《くろぶち》メガネを掛けている。真ん中分けした黒髪《くろかみ》は頬《ほほ》にかかるくらい長く、一見、女の子のように見える。

「貝殻、拾ってたんだ？」

私は彼の左手に視線をやると、彼はこくんと頷《うなず》いた。彼の手の平には小さな貝殻の山ができている。

「おばあちゃんがね、病気で寝《ね》てるんだ。お母さんが看病してるんだけど、おばあちゃんの部屋からは海が見えないのが、寂《さび》しいっていうから、僕、海を作ってるんだよ」

「海を作る?」

眉間《みけん》に皺《しわ》を寄せながら訊ねると、「うん」と彼は大きく頷いた。

拾った貝殻を無造作にパーカーのポケットに突《つ》っ込み、浜辺に向かって駆けだした。慌《あわ》てて彼の後を追っていくと、彼は防波堤《ぼうはてい》の壁沿いに放り投げてあったリュックを摑《つか》み取り、中をかき回した。

「これが僕の作った海だよ」

彼は満面の笑みで、そう告げた。

私に向かって差しだされたそれは、ラムネの瓶《びん》だった。

青碧色《せいへきいろ》の涼《すず》しげな色合いの瓶は、真ん中辺りが絞《しぼ》られており、独特の形をなしている。

瓶の底には砂が詰《つ》まっていた。その上には青い液体のようなものが、瓶の半分くらいまで満たしている。

その液体の中に、小さな貝が浮遊《ふゆう》している。

絞りの部分にはビー玉が転がっている。口の部分は栓《せん》で閉じてあり、瓶の周りに鮮《あざ》やかな魚の絵が描《えが》かれていた。

「……凄《すご》い」

私は思わず、声を漏《も》らしていた。

「綺麗《きれい》。本当に小さな海だ。どうやって作ったの?」

彼からラムネ瓶を受け取ると、色々な角度から覗き込んだ。逆さまにしても、液体は落ちてこない。中で固まっているらしい。

「空っぽのラムネの瓶を用意するんだ。中を綺麗にゆすいで、乾《かわ》かしておくのがポイントだよ。用意したら、中に乾いた砂を入れる。瓶の真ん中で詰まってる砂がサラサラと下に落ちていくのを見るのは、楽しいよ。砂時計みたいで」

彼は砂を握《にぎ》りしめた手をゆっくりと解く。サラサラと砂が、小指の間から零《こぼ》れた。

「海水の部分はレジン液を使ったよ。緑と青と透明《とうめい》を混ぜるといい具合に海の色に近くなる。これに拾ってきた貝殻を埋《う》めていくんだ。レジン液は太陽の下に置いておくと、一日くらいで固まるんだ。固まったら、僕の小さな海ができる」

彼はのんびりとした口調で答えた。

「外側の絵はアクリル絵の具を使ったよ。乾くと水がかかっても、へっちゃらなんだ。魔法《まほう》みたいだよね。僕のおばあちゃんはね、絵を描く人なんだ。でも、病気で今は絵を描く元気がないから、僕に絵の具とかレジンとか、好きに使っていいよって言ってくれたんだ。だから僕はおばあちゃんのために、海を作ってるんだよ」

「おばあちゃんは喜んでくれた？」

「うん、とても。僕が作った海の瓶を窓際に並べてる。ビー玉がお日様の光を反射すると、海の中みたいにゆらゆらした光が見えるんだって。それが綺麗だって褒《ほ》めてくれるよ」

病気のおばあちゃんのために、海を作ってるなんて、なんていい子なんだろう。

私はと言えば、お手伝いもせずに、一日中ゴロゴロして、祖父母の言うことにも適当に相槌《あいづち》を打っているだけだ。いつもご飯を作ってくれる伯母さんにも、ありがとうも言ったことがない。

自分より年下であろう彼と比べると、自分はなんて子供なのだろう、と急に恥《は》ずかしくなってきた。

「それって私にも、作れるかな?」

「海のこと? もちろんだよ」

「私に作り方を教えてくれないかな?」

「いいよ」と彼は私を見つめて大きく頷いた。

彼の名前は田中《たなか》はるにれ君といった。変な名前だから、彼の口から聞いた時は、冗談《じょうだん》かと思った。

「はるにれ……」と繰《く》り返し呟《つぶや》く私の心情を察したのか、「変な名前でしょう?はるにれって木の名前なんだって、大きくまっすぐ育つようにって」と説明を付け足した。

「これから大きくなるのかなぁ。僕、背の順だといつも一番前なんだ」

そう言って空を見つめるはるにれ君は、小学五年生で、私と同じ歳《とし》だと判明した。

「これからだよ、大きくなるのは」

私よりも小さいはるにれ君を、励《はげ》ました。


私たちは、日の出と共に海岸に集合する。浜辺にはるにれ君の姿を見つけると、浜辺に降りていくのだ。

伯母さんの「朝ごはんだよー」の声が家から聞こえてくるまでの間が、はるにれ君と私、二人だけの時間だった。

はるにれ君のリュックには、いつもパンパンに荷物が入っていた。はるにれ君はリュックの中から空のラムネ瓶を取り出し、砂の上に置いた。

「四次元ポケットみたい。色々出てくるね」

私の冗談にフフフと、はるにれ君は小さく笑った。

準備ができたら、はるにれ君の「青空工作教室」のスタートだ。

はるにれ君と会うようになってから、私は朝が来るのが楽しみになっていた。

はるにれ君は空気のような子供だった。隣《となり》にいて、たとえ会話が途《と》切《ぎ》れてお互いに黙《だま》りこくったまま作業をしていても、居心地が良かった。

「中のレジン液が固まったら、瓶の外側に絵を描こう。今度は、絵の具を持ってくるね」

今日はそう言って、別れた。

じゃあね、また明日。


私が使っている部屋の窓際には、はるにれ君のおばあちゃんの部屋と同様、ラムネの瓶が並んでいた。

はるにれ君のように器用にはいかない。初めて作った私の海は、レジン液の中に砂が飛び散ってしまった。

はるにれ君はよくぼうっとしていて、私が話している時も、聞いているのか聞き流しているのか解らないのに、彼の作る作品は、小学生にして、すでに芸術の域だった。

「百円ショップに売ってたキラキラしたハートやお星さまのパーツを、海の中に入れてみようと思うの」

「いいね、凄くいいアイディアだよ」

私が提案すると、はるにれ君は大きく頷いて褒めてくれた。

明日はどんな絵を描こうかな？　はるにれ君はどんな絵を描くんだろう？　ヘタクソだと思われたくないから、練習しておこうか。


私はノートを開き、魚の絵の練習を始める。

コンコンと部屋の扉がノックされ、「どうぞ」と声を掛けたと同時に、伯母さんが扉の向こうから顔を出した。

「今ね、お母さんから連絡があってね、明日のお昼頃《ごろ》に迎《むか》えに来るって。良かったわね。一か月以上もお母さんと離れていたのだもの、会いたかったでしょう？　伯母さん、買い物に行ってくるわね。最後の夜だから、今夜はちらし寿司《ずし》を作りましょう」

にっこりと笑みを浮《う》かべたまま、伯母さんは階段を降りていった。

お母さん、明日迎えに来るんだ……

今日は何月何日なのだっけ？　壁に掛かったカレンダーを見て、夏休みの残りがあと一週間しかないのだと解った。

はるにれ君と出会ってから、日々が過ぎるのがあっという間だった。楽しい時間は過ぎるのが早いのだと、担任の先生が言っていた。

帰る準備をしないといけない。

明日、はるにれ君にお別れしなくちゃいけない。

ラムネ瓶の絵は、きっと描けない。

はるにれ君と作った私の海。窓に並ぶラムネ瓶を見つめた。

「おはよう」

翌朝、浜辺にはるにれ君がやって来たのを見つけて、私は海へ降りて行った。大きなリュックを背負った小さな後ろ姿に声を掛けると、「おはよう」と彼も挨拶《あいさつ》を返した。

はるにれ君は薄手のパーカーを羽織り、相変わらずフードをほっかぶりしていた。寝て起きたままの状態で、鏡も見ずにここにやって来たのか、おでこの辺りに一角獣のような寝癖《ねぐせ》が突き出ていた。

どうやって寝たらそんな寝癖が？

私ははるにれ君のおでこを指し、笑い声を上げた。まったく、別れの朝だというのに、相変わらずのおとぼけだ。

「私ね、今日帰ることになったんだ。急でごめんね。昨日、ママから迎えに来るって連絡があったの。私も驚いているんだよ」

笑った後でぽろりと告げた。はるにれ君は、はっと驚いたような顔をした後で、背負ったリュックのショルダーストラップを握りしめた。

「ごめんね。だから今日は絵を描いてる時間はないの」

「そうか、残念だなぁ」

はるにれ君がぽつりと呟いた。

「ねぇ、来年の夏もここに来る？」

「わからない」

私の問いにはるにれ君はそう答えた。

「私、来年の夏もここに来るから。ここに、私の海が入ったラムネ瓶があるの。これ、はるにれ君が持ってて。また来年、ここで会って絵を描こう」

私は矢継《やつ》ぎ早《ばや》に告げて、ラムネ瓶をはるにれ君に押《お》し付けた。

はるにれ君は瓶を受け取ると、困ったような顔をしていた。

「あの、僕……」

彼が何か言いたげに言葉を発したところで、「はるにれ君が来るまで、ずっと待ってるから」と強引に会話を締《し》めくくった。

はるにれ君のことを私は何も知らない。電話番号も、どこの小学校に通っているのかも、好きな食べ物はなんなのかも。

知っていることと言えば、山の上に住んでいるおばあさんのことと、彼が小さな芸術家であること。

彼との約束が欲しかった。また会えるのだという確信が欲しかった。

「ありがとう。楽しい夏休みだった」

はるにれ君は、帰り際にそう呟いた。その言葉を聞いた時に、ここを離れるのが名残惜《お》しくなった。たぶん、今思えば、それが私の初恋《はつこい》だったのだ。


季節は廻《めぐ》り、また夏がやって来る。

少し伸びた身長と、女の子らしく伸ばし始めた髪《かみ》。夏休みが来るのが待ち遠しかった。

今年は母親から提案される前に、田舎に行きたいと自ら告げた。

車の窓を開け、潮の香《かお》りを感じると胸が高鳴る。もうすぐはるにれ君に会えるのだとワクワクしていた。

彼はどんな一年を過ごしたのだろうか？

背は伸びた？

私のことを少しでも思い出してくれたかな？

「すっかり女の子になっちゃって。去年使ってた部屋、そのままにしてあるからね。自分の家だと思っていいからね」

伯母さんは相変わらずの世話好きだ。

「ありがとうございます」とお礼を言って、一年ぶりの部屋へと入った。

大きな本棚にお客さん用の布団《ふとん》。窓の所には、去年、置いていったままのラムネの瓶――

「伯母さん、あの、一番、右側の瓶はどうしたの？」

無造作に並んだラムネ瓶の一つに装飾《そうしょく》がされていたのだ。人魚の周りを踊《おど》る鮮やかな魚の群れ。

この絵は確かに彼の絵だ。

「あぁ、あれね。去年の夏の終わりに男の子が訪ねてきて、置いていったんだよ」

伯母さんの話によると、私がここを離れてから数日の間に、はるに れ君のおばあさんが亡くなったのだそうだ。
はるにれ君のおばあさんはお屋敷《やしき》に一人で住んでいた。はるにれ君のお母さんは、おばあさんの家を売ることにしたらしい。今では、違う人が住んでいて、はるにれ君の家族がこの地に戻ってくる可能性はもうないだろう。

はるにれ君は、私ともう会うことはないのだと知っていたのだ。
だから、私の差し出したラムネ瓶に絵を施《ほどこ》して、わざわざ届けてくれたのだ。
楽しかった思い出に?
ありがとうって意味で?
何か伝えようとしていたはるにれ君の口を遮《さえぎ》ったのは、私だ。
わがままで嫌《いや》な子だと思われてもいいから、もう一度、はるにれ君に逢《あ》いたかった。

夏が来る度に、あの頃の甘酸《あまず》っぱい思い出が蘇《よみがえ》る。

はるにれ君が絵を描いた私の海は、今も捨てられずに、机の上に飾《かざ》ってある。

ビー玉が日差しを反射して、ゆらゆらと私の海に光の影《かげ》を作る。楽しそうな表情の人魚。

成長したはるにれ君は、今もラムネ瓶に彼の海を作っているのだろうか？

こんな切ない思いになるのなら、いっそ夏なんてなくなればいいのにと私はガラス瓶の人魚を指先で小突《こづ》いた。

[5分後に切ないラスト]

Hand picked 5 minute short,
Literary gems to move and inspire you

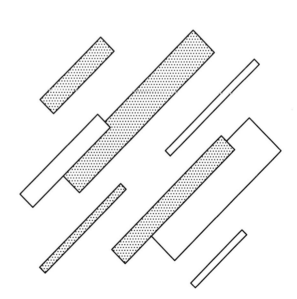

ただいま

五丁目

目を開けると、そこには古びた四角い照明がぶら下がっていた。

窓の外は明るい。豆電球は点いたままだ。カツカツと時を刻む音がする。振《ふ》り子を揺《ゆ》らして、柱時計が七時過ぎを指している。

押入《おしい》れの襖《ふすま》は開いていて、畳《たた》まれた布団《ふとん》と毛布が積まれている。最後に布団を畳むのは、いつも僕だ。

押入れの隣《となり》には、祖父の代から使われている和箪笥《わだんす》。目だけを動かしてさらに見回すと、引き出しの上にラジオがあった。

僕は目を閉じ、朝の冷えた空気を吸い込《こ》む。そうだ。ここは実家だ。僕は帰って来たんだ。

冷えた空気と一緒《いっしょ》に吸い込んだのは、味噌汁《みそしる》の香《かお》り。この香りを嗅《か》ぐと、僕の腹は途端《とたん》に空腹を訴《うった》え始める。

台所で、母さんの声がした。それに応えて、妹が返事した。とたとたという足音。妹はいつも僕より先に起きて着替《きが》えを済ませる。見られるのが恥《は》ずかしいらしい。

時計の音とセッションでもするように、台所からとんとんとんとリズミカルな音が聞こえる。ああ、またとっとのおばちゃんのところから、沢庵をもらって来たんだな。あの音は、そうだ。僕の大好物だ。

沢庵が大好物だなんて言ったら、浩《ひろし》のヤツ、大笑いしやがったな。でもマジで、とっとのおばちゃんの漬《つ》けた沢庵は美味いんだ。

こけこっこお。ほら、とっとのおばちゃんちのニワトリが今日も鳴いている。小さい頃《ころ》から、僕と妹は、とっとのおばちゃんちに遊びに行って、産みたての卵とお菓子《かし》をもらった。

母さん、お茶をくれや。

父さんの声だ。今日も釣《つ》りに行くのかな。

とたとたとた。足音が枕元《まくらもと》にやって来た。すぐに妹が、僕の顔を覗《のぞ》き込んだ。

お兄ちゃん起きて。朝ごはんできたよ。

僕は起き上がって大きなあくびをし、まだ温もりの残る布団を畳んで押入れにしまった。

おはよう。

おはよう。

父は新聞を畳んで老眼鏡を外し、すっかり背の曲がったおばあちゃんは僕に座布団を寄越《よこ》してくれる。妹が味噌汁を運んで来て座り、最後に母が白いエプロンを外して座った。

味噌汁の香り。炊《た》きたてのご飯の香り。ほら、沢庵があった。おばあちゃんが小さな畑で育てた菜っ葉のごまあえ、母の手作りのポテトサラダ、あじの干物、そして、僕と妹には、たぶん妹のお弁当のついでに焼いたんだろう、赤いウィンナーが二個ずつ付けられている。

なんだい、お前は顔も洗わないで。

おばあちゃんに叱《しか》られた。いけない。おばあちゃんは優しいけど躾《しつけ》には厳しい人だ。おかげで僕も妹も一応の礼儀《れいぎ》はわきまえられるようになったんだけど。

まあ、今日はいいじゃないか。せっかくこうしてみんな揃《そろ》ったんだし。

父が言った。

そうだ。やっと、みんな、揃ったんだ。
僕は、帰って来られたんだ。

わかってる。
本当は、ちゃんとわかってる。

昨日、僕の郷里に原子《げんし》爆弾《ばくだん》が落とされて、みんなみんな、焼け死んだ。僕の実家も、とっとのおばちゃんちも、父も母もおばあちゃんも妹も。
もう、この世にはいない。

僕は遠く離《はな》れた戦地でそれを聞いた。
結局、大切な人は誰《だれ》一人守れなかった。
誰かを守るための戦争なんて初めからないんだ。
だって戦争は、必ず誰かの大切な人を殺すんだから。

生きて帰りたいと思っていた。

生きて帰るのは無理だと思いながら、生きて帰りたいと思っていた。けれど。

帰る場所がなくなった。

僕は自棄《やけ》になっていたんだろう。

隊長が止めるのも聞かず、塹壕《ざんごう》から飛び出した。

いくつ、弾《たま》が当たったのかわからない。体が焼けるように熱くなって、痛くて痛くて僕は転げ回った。転げ回りながら、仲間が同じように転げ回るのを見ていた。

痛い。痛い。もう、もうこんなのは嫌《いや》だ。帰りたい。帰りたいよ。

母さん。


帰りたいという願いを、神様は叶《かな》えてくれた。

帰って来られたんだ。懐《なつ》かしい家に。

母がいて、父がいて、おばあちゃんがいて、妹がいて、おいしいご飯をみんなで
食べよう。
さあ。
いただきます。

［ 5分後に切ないラスト ］

Hand picked 5 minute short,
Literary gems to move and inspire you

青空の価値

三石メガネ

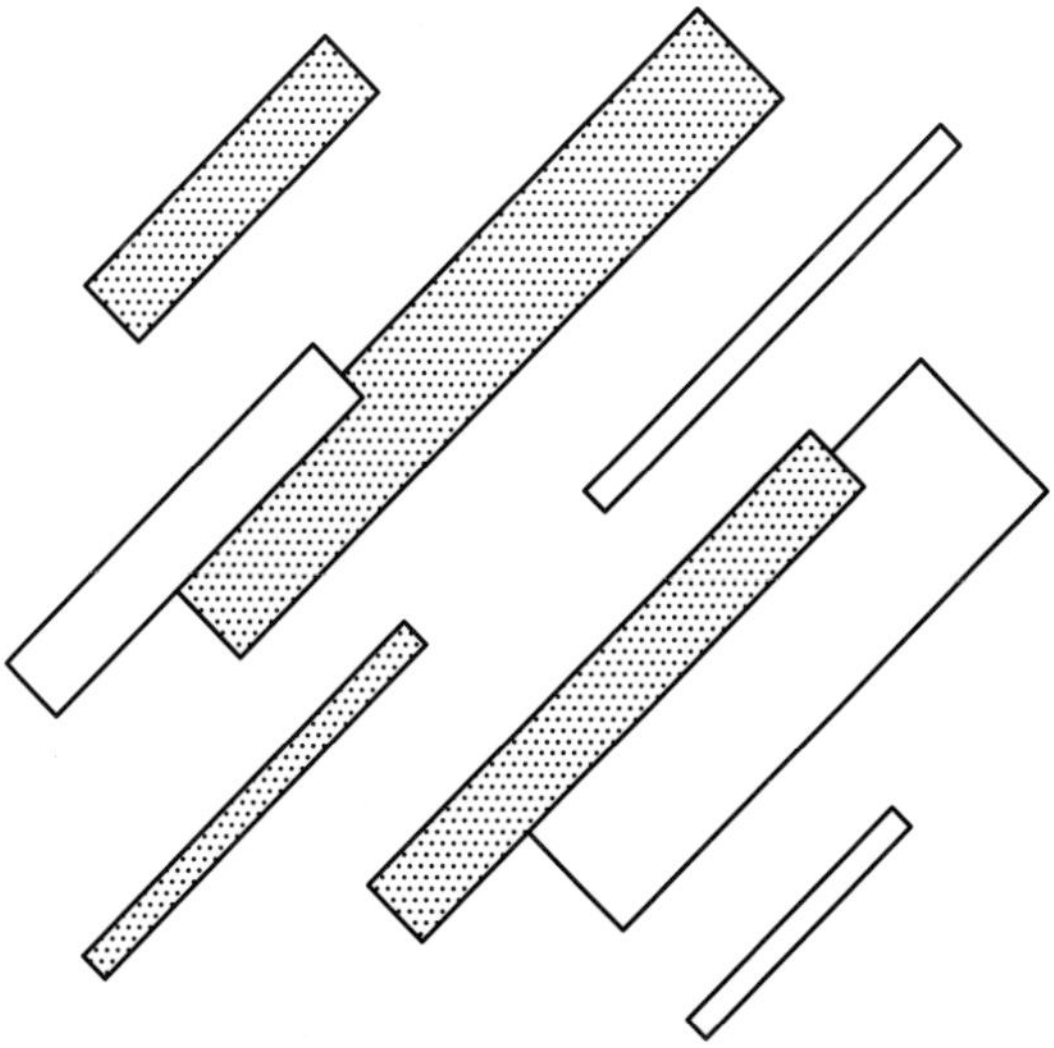

不運とは不幸の種なのだ、と僕は思う。

久しぶりに帰った実家は、もはや家ではなかった。

言葉の綾《あや》ではない。

早くに父を亡くし、呆《ぼ》け始めた母を施設《しせつ》に入所させることが決まって、実家は家としての役目を終えた。

築六十年を超《こ》えた木造建築を有効活用する手立ては思いつかず、僕は一人っ子で、東京《とうきょう》の会社に就職して以来ひとり暮らしをしている。

生まれ育った家がなくなるのは寂《さび》しかったけれど、結局解体することにした。

と思ったら、会社を辞めた。

きっかけはコーヒーメーカーだ。

こう言うと、聞く人は「それがどうして辞職につながるの」と返すのかもしれない。

しかし幸か不幸か、僕には言うべき友達がいなかった。
まあ、これも不幸の一つだろう。

話は、会社唯一のコーヒーメーカーが壊れたところから始まる。

オフィスと呼べるほど洗練されていない、平屋建ての社屋だ。
薄《うす》っぺらい金属でできた灰色のデスクが向かい合わせに並べられている。
社員は九人しかおらず、僕は一番の新参者だった。
一番奥《おく》のデスクに座る社長は、取引先と談笑するときでさえ眉間《みけん》の皺《しわ》が取れない。
常に飲んでいるコーヒーだって、好きというよりは依存症《いぞんしょう》に近いのだろう。
でなければ、あれほど不味そうな顔でいる説明がつかない。
そんな社長がコーヒーを淹《い》れようとしたところ、不具合に気づいた。
誰《だれ》が壊《こわ》したんだ、と社長が皆《みな》に問う。
皆は顔を見合わせる。

たまたま僕は仕事に集中していて、パソコン画面を見つめたままだった。

そしてたまたま、僕だけがコーヒーを飲んでいた。

「山口《やまぐち》、なに知らん顔してんだ」

「えっ、あ、すみません。何の話ですか」

「コーヒーメーカーが壊れたんだよ。黙《だま》ってないで何か言えよ」

何か、と言っても話題は壊れたコーヒーメーカーに限定されているわけで、僕に話題の自由はない。

「いや、僕のときは普通《ふつう》に使えましたけど」

「俺のときには壊れてたぞ。誰かその間に使った奴《やつ》はいるか」

たまたま、いなかった。

「ってことはだ、山口が使ったせいで壊れたことになる。違《ちが》うか」

カフェイン切れの社長に対して、ここではどう答えても怒《いか》りを買うことは間違《まちが》いない。

僕は「全然気付かなかったのですが、すみませんでした」と無難な対応をして、一応その場は収まった。

朝に起こったこのトラブルが種だったとすれば、その成長スピードは驚《おどろ》くべきものので、夕方にはもう芽が出ていた。

急な仕事が入ってきたのだ。

「山口、残業よろしくな」

「えっ、でも今日飲み会じゃ……」

「コーヒーメーカー代だ。これでチャラにしてやるよ」


不幸の芽はここでぐんぐん育っていく。


一人でサービス残業し、飲み会に参加できず、新参者である僕は、さらに同僚《どうりょう》との距離《きょり》が開いたのだ。

社長は缶《かん》コーヒーを段ボール箱でデスク脇《わき》にストックするようになり、コーヒーメーカーはいつになっても新調されることなく、その間に入ってくる急な仕事は、全てコーヒーメーカー代という名目で僕のものとなった。

奇《く》しくもそのころから、この零細企業《れいさいきぎょう》に入る仕事が増え始めた。

僕は一人で会社に残る時間が増えて、同僚との距離も増したあげく、体力と精神力だけはみるみる減っていった。

ここで友達のひとりでもいればまだ救われたのかもしれないが、県外就職した僕の周りには学生時代の友達はおらず、かといって同僚はいつだって僕抜《ぬ》きでよろしくやっているわけで、つまるところ孤独感《こどくかん》とストレスはぐんぐん上昇《じょうしょう》していった。


そしてある日、不幸の花が咲《さ》いた。


ひとり暮らしの母が呆け、施設に入所し、実家を解体したあとで、僕は身体に異変を感じた。

胃潰瘍《いかいよう》らしい。

しかし、会社に行こうとすると動悸《どうき》や息切れに見舞《みま》われるとあっては、胃潰瘍どまりではないのだろう。

僕の中の責任感は死に、無断欠勤を重ねた。

というわけで、僕はコーヒーメーカーによって、職と健康と、そして東京に留まる意味を失った。


いくつかの不運が育ちに育って、今、僕は不幸だ。


田舎の住宅街の、田んぼの脇にある更地《さらち》だ。

春の昼下がり、周囲にはほとんど人通りがない。

見慣れた風景の中で、この更地だけはぽっかりと見慣れない穴を作っていた。

実家だけど、家じゃない。

少し前まで家が建っていたあたりは草が生えていないが、それ以外の場所は柔《やわ》らかい黄緑色がちくちくと顔を出していた。

全財産であるスーツケースひとつを空き地のど真ん中に横倒《よこだお》しにして、僕はその上に腰《こし》を下ろす。

――この先、どうしようかなぁ。

恋人《こいびと》も趣味《しゅみ》もなかったから、それなりに貯金はある。

けれど、気力がない。

家財道具のほとんどを捨て、荷物をまとめ、思ったより狭《せま》かった元実家に帰って、もはや何をする気も起きなくなっていた。

――ついに僕は、何もかも失った。

すずめの声を聞きながら、心は地よりも深く沈《しず》んでいく。

――いっそのこと、全てを終わらせるには良い場所じゃないか。

「良い天気ですね」

まさに最悪の結論を導き出したそのとき、唐突《とうとつ》に声をかけられた。

振《ふ》り向くと、スーツ姿の女が横に立っている。

年は僕と同じか少し下で、栗色《くりいろ》の髪《かみ》を後ろで束ねていた。

難はないがインパクトもない、上品で控《ひか》えめな目鼻立ち。

いつかどこかで見たことがあるような気になるくらい、ありふれた印象だ。

「日光浴ですか?」

「……いえ」

「あたし、最近よくココ来るんです」

唯一《ゆいいつ》ありふれていないのは、その笑顔だった。

初対面でこれほど屈託《くったく》のない笑みを向けてくるとは、セールスか何かなのかもしれない。

「今どき空き地で日光浴とか、できそうでできないですもんねー」

だとしても、よくこんな男に声をかけてきたものだ。

よほどの変わり者でない限り、空き地で俯《うつむ》く陰気《いんき》な男など勧誘《かんゆう》する気になれないだろうに。

「ちょっと、端《はし》っこに寄ってくれます?」

女の思いがけない申し出に、理解が追いつかない。

「え?」

「だから、そのスーツケースに座らせてください。足が疲《つか》れるんで」

「……嫌《いや》です」

よほどの変わり者に目を付けられたようだ。

「もー、断らないでくださいよ。ただでさえ今日は不運続きなのに」

「僕のセリフです。というか僕の勝ちですよ」

何のことだ、という顔で女が瞬《まばた》きをする。

「……とにかく、ほっといてください。人の不幸に構ってる余裕《よゆう》はないんです」

「よく分かりませんが、仕方ないですね。じゃあ逆にしましょう」

「は？」

「あなたがあたしの不幸に構えないのなら、あたしがあなたの不幸に構います。さあどうぞ」

この女と出会ったのも不運の一つに違いない、と心の中で嘆《なげ》く。

鬱々《うつうつ》とした男に、どうしてそこまで輝《かがや》いた目を向けられるんだ。

「ほらほら。さあさあ」

「……コーヒーメーカーがきっかけで、会社を辞めたんですよ。それだけです」

「それがどうして辞職につながるんですか」

案の定、どこかで予想したような反応が返ってきた。

ふざけてるんですか、とでも付け足しそうな語調だ。

とはいえ、この話をするべき友達がいなかった僕に、期せずしてその機会が訪れたことになる。

だからといって嬉《うれ》しいわけではないが、コーヒーメーカーによって蓄積《ちくせき》したストレスの解消に、少しは役に立つかもしれない。

「……会社で、たまたまコーヒーメーカーが壊れてですね――」

とつとつと、退職に至るまでの経緯を語る。

不審《ふしん》な女にプライベートなことを喋《しゃべ》るのはどうかと思うのだが、喋らずにはいられなかった。

これはひとえに僕抜きの飲み会によって培《つちか》われた孤独感のなせる業だろう。

孤独は心の毒薬だ。

「――へええ。そんな偶然《ぐうぜん》もあるんですねー」

桜井《さくらい》と名乗るその女は、話を聞き終えたあと目を丸くした。

たっぷりと話に盛り込《こ》んだはずの重苦しさはなく、それはまるで空き缶を投げたらたまたまゴミ箱に入ったとでもいうような、呑気《のんき》な驚きだった。

「……ま、社長がカフェインを補充《ほじゅう》する前にコーヒーメーカーが壊れたってのは、偶然の中でも最悪の部類でしょうね」

「いや、そうじゃなくて」

桜井さんが、良い天気ですね、と言ったときと同じように空を仰《あお》ぐ。

能天気な顔で。

「あたしも晴れて無職になりました。今日」

「今日?」

晴れてってことはないだろ、という言葉より先に聞き返してしまった。

「なんでまた?」

「空が青かったから」

「太陽が眩《まぶ》しかったから、みたいに言われても」

桜井さんは、しかし僕とは対照的だった。

本当に晴れやかな顔をしていたのだ。

「切っ掛《か》けはねー、まあたくさんありますよ。給料安いしサービス残業強制だし有給取れないし、上司は仕事ができないくせに罵詈《ばり》雑言《ぞうごん》だけはプロ級だし」

罵詈雑言をどういう判定基準で審査《しんさ》すればプロになれるんだろう、という下らない疑問が頭をよぎる。

「色々言われました。女は男に逆らうなとか、サビ残《ざん》しないのは愛社精神が足りないからだとか。今日は、お前なんかいつでも辞めさせてやるぞ、どうせ再就職先なんか見つからないに決まってる、でした」

同情の相槌《あいづち》を打つ代わりに、尻《しり》を浮《う》かして左に寄った。

勧《すす》める間もなく、彼女《かのじょ》がするりととなりに座る。

「でも、辞めてやるぞーって思い切れたのはね、今日、こんなに良い青空だったからなんです」

「……いきなり話が飛びましたよね、今」

彼女が辛《つら》い立場にいたのは分かるが、この展開は理解できない。

「あたし、未だに散乱の話だけは覚えてるんです。知ってます？　レイリー散乱」

またしても話が飛んだ気がする。

「いや、僕、文系なんで……屈折《くっせつ》とかの話ですか？」

「そうそう、それです。めちゃくちゃ小さい物質に光がぶつかったときに起こる散乱がレイリー散乱です。

光ってのは波長によって色が違うんですけど、空気中のチリとかにぶつかっちゃうと、向きが変わるんです。

で、この波長ってのは、長いよりも短いほうがぶつかる確率は高くなるんですよ。

ほら、スーパーなんかだとおとなしい子より暴走する子のほうがよくお客さんにぶつかるじゃないですか。あんな感じで」

「さっきの話とどんな関係が……」

辞職と青空の話は一体どこに行ったのだ。

「で、空から降り注ぐ光の中でも、赤い光はそんなにぶつからないわけですよ。だから案外すんなり進めます。でも青い光はよくぶつかるんで、空の上の方で散らばっちゃって、ああいう青い空ができるってわけなんです」

辞職の謎《なぞ》を残したまま、散らばっていた話題が青空に帰結した。

彼女は満足したような笑顔で口を結んでいる。

その瞳《ひとみ》に、青い光が映り込んでいた。

ふと、空を見上げる。

雲一つない快晴だ。

「……いい天気だなあ」

残された謎も忘れ、思わず呟《つぶや》いてしまうほどの空だった。

胸のすくような開放感と、爽《さわ》やかさと。

柔らかな色合いながらも無限を体現したような様は、崇高《すうこう》ささえ感じさせる。

「最高の空ですよね。あたし、空の中でも青空が一番好きなんですよ。夕暮れどきの空って、なんだか寂しくなっちゃうじゃないですか」

目を細める桜井さんのとなりで、僕もなんだか寂しい気持ちになっていた。

さきほどの彼女の説明通りなら、この最高の青空は、光の屈折によるただの偶然の産物でしかないのだ。

「……偶然だったとしても、この空が好きだな」

今、僕たちの上に真っ赤な空が広がっていたら。

きっと爽やかさも開放感も感じることなく、鬱々とした思いを抱《いだ》き続けていたに違いない。

「同感です」

桜井さんが振り向いて、無邪気《むじゃき》な笑みを向ける。

「空が青いのは光の波長の長短による結果的なものだったとしたって、それはそれで良いと思うんですよ。例えば空が、たまたまその青さを気に病んでたとしても」

——空が気に病む？

妙《みょう》な表現に、僕は彼女の表情を窺《うかが》う。

けれど桜井さんはあれだけ座りたがっていたスーツケースから立ち上がって、何かに思いを馳《は》せるように遠くを見た。

「人より多くの障害にぶつかってきたからって、その結果が悪い方向にいくとは限りません」

珍《めず》しく真剣《しんけん》な口調で、断言する。

「彼はそう思わないかもしれない。あたしの声なんて届かないかもしれない。けど、あたしの好きな青空があるのは、そうして苦難を乗り越《こ》えてきたからでもあるんだって思うことができたら……

いつの日か、山口先輩《やまぐちせんぱい》が過去の全てを青空に変えられたら」

雲のように白い歯をのぞかせて、彼女が振り返る。

「――あたしは、とても嬉しいです」

真っ直ぐな視線を受け止めながら、僕は思い出していた。

遠い昔、感じるもの全てが楽しかった中学時代。

僕が男子バスケットボール部の副キャプテンを務めていたとき、マネージャーとして入部してきた、いつも笑顔の一年生がいた。

たいして接点はなかったし、目立つ子でもなかったけれど。

「ありがとう。桜井……晴香《はるか》さん？」

「おっ、覚えててくれたんですね」

初めて、彼女が恥《は》ずかしそうに視線を逸《そ》らす。

それがあのときの彼女に重なって、僕の心臓が跳《は》ねた。

部活の終わり、たまたま二人きりになった夕方の部室。

ずっと好きでした、と告げた桜井さんは、頬《ほお》を染めながら下を向いた。

――自分でもびっくりするくらい、好きなんです。

そんな彼女を、僕は大した考えもなしに振ってしまった。

当時は頭にバスケットボールが詰《つ》まっているレベルの部活バカだったのだ。

それなのに、僕を未だに覚えて慕《した》ってくれるなんて。

「……ありがとう」

久しぶりに、口角に力を入れる。

もう地を這《は》わないように。

あの空へと向くように。

「もう少しだけ、足掻《あが》いてみるよ。……まずは部屋探しからだけど」

なかなか前へ進めない青。

もし心があるなら、この夏の空は嘆きと不安に満ちているのだろうか？

それとも彼女のように、その先にある希望へと向かってなお突《つ》き進んでいるのか。

「部屋？」

桜井さんがきょとんとした顔をした。

首をかしげて、すぐに人差し指を立てる。

「お部屋なら、ありますよ」

「え？」

「あたしのおじいちゃんの貸家があるんです。結構広いですよ。ちょっとレトロだけど、二人なら余裕で住めます」

「え……えっ？」

思わず腰を浮かすと、彼女がてきぱきとスーツケースを起こして砂を払《はら》った。

「ルームシェア、一度やってみたかったんです」

ころころと人のスーツケースを押《お》す桜井さんの背に、慌《あわ》てて声をかける。

「ちょ、ちょっと……なんでそこまでの急展開になるんだ？」

「さっき、あたしがあなたの不幸に構ってあげるって言ったじゃないですか」

「何度も言うけど、君の話は飛びすぎだ！」

「何度も言いますが、断らないでくださいよ。ただでさえ今日は不運続きだっていうのに、二度もあなたに振られるとかあり得ないですから」

決然《けつぜん》たる口調で言い放つ。

彼女の足取りに迷いはなかった。

躊躇《ちゅうちょ》していると置いていかれそうだ。

「……仕方ないなあ」

短くため息をついて、後を追うことにする。

あまりの強引さに呆《あき》れながらも、僕は不思議と青空に似た開放感を感じていた。


思えば、今まで散々屈折してきたのだ。

そろそろ突き進んだってバチは当たらないじゃないか。

不運を積み重ねてきた僕の人生に、こんな突破口《とっぱこう》があったって良いはずだ。


これからどうなっていくのかは、まだ分からない。

依然《いぜん》として職はないままだし、やるべきことは山のようにある。

彼女ほど楽観的ではないけれど……

それでも、僕は知っているのだ。

青い光に満ちた空が、どの色よりも美しいということを。

ぶつかってきた多くの障害。
そのせいで遠ざかった進むべき道。
——いかなる由来があろうとも、青空の価値は、決して揺《ゆ》るがない。

［ 5分後に切ないラスト ］

Hand picked 5 minute short,
literary gems to move and inspire you

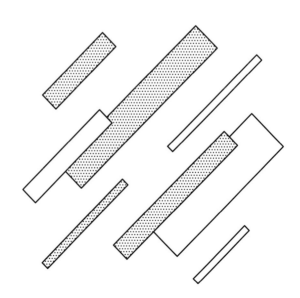

数多の星は霞《かす》む

三山　千日

◇

——星空の下で、おしゃべりをしよう。

彼の鶴《つる》の一声に、すかさず「いいね」と賛同した。
目的地は丘《おか》の上の公園。この辺りでは一番見晴らしのいいスポットだ。
真冬の、雲ひとつない夜。
丘から見渡《みわた》す深夜の町は、明かりが少なく物静か。
外は凍《こご》えるように寒いけれど、大気がとても澄《す》んでいる。
漆黒《しっこく》の空に輝《かがや》くのは、蜂蜜色《はちみついろ》のまあるい月と無数にちりばめられた星。
素晴らしい満天の星は、この条件だからこそ観られる貴重なものだ。
ベンチに二人並んで座り、持参した熱いコーヒーとスコーンを頰張《ほおば》りながら、会話もなく、じっと空を仰《あお》ぐ。
辺りは静寂《せいじゃく》に満ち、空気がキンと冷たい。
それでも二人寄り添《そ》うことで、互《たが》いのぬくもりと息遣《いきづか》いをごく間近に感じられた。
彼と一緒《いっしょ》なら、どんなに厳しい環境《かんきょう》にいても耐《た》えられる自信があるわ。
大好きな人と同じ時を過ごし、同じ星空を見上げられることのなんと幸せなことか。
――貴方も、同じことを思っているといいな。

◇

こうして彼の存在が傍《かたわ》らにあり、静かに星空を見上げているからこそ、改めて実感できることがある。

——私、貴方のことが大好きよ。


ずっと前からそうだった。

そして、それは今も変わらない。


冷たい風が一筋吹《ふ》くと、私が凍えないよう、さり気なく肩《かた》にストールを掛《か》けてくれる彼の優しさが好き。

実は、〝甘《あま》えた〟なところも可愛らしくて好き。

例えば、今みたいにストールを掛けた後、何やら思いついたように立ち上がり、おもむろに私を背後から抱《だ》き込《こ》む形でベンチに座り直すところなんて、特にそう。

寒さから身を挺《てい》して私を護っているようでいて、本当は構いたくて仕方がない、と顔に書いてあるんだもの。

私もそれをわかって容認してしまうのだから、彼にはやはり甘いのだ。

白状しよう。

彼とこうして触《ふ》れ合うのが、とても好きなの。

触れた箇所《かしょ》からじんわりと伝わる彼のぬくもりと腕《うで》の力強さが、私の心を幸福で満たすから。

彼から愛されているのだと、強く感じられるから。

「矢潮《やしお》さん、抱《かか》えてくれるのは嬉《うれ》しいけど、貴方は寒くない？　コーヒーのお代わりはいかが？」

傍らにあった水筒《すいとう》を持ち上げて示すと、彼が首を横に振《ふ》る。

「私でしたら平気です。なにせ、雪だるまを抱っこしていますからね」

からかうようにそう言った彼は、ギュウと私を抱き締《し》める腕に力を籠《こ》めた。

私の着ているセーターに、彼の腕が食い込む。

幾重《いくえ》にも着込んだ衣類がクッションとなったので苦しくはない。けれど、そのお陰《かげ》で、彼の言わんとすることを理解した。

これは暗に、私の着膨《きぶく》れを指摘《してき》しているのだ。

(そういえば、出掛けに『雪だるま』って言われた)

出掛ける直前に、白いセーターを着込む私を見た彼が、そう茶化してきたのを思い出す。

「家庭教師をなさっていた時は、こんな意地悪言わなかったのに」

彼との出逢《であ》いは、私が高校に入学する直前の春休み。

当時の彼は冷徹《れいてつ》で厳格な家庭教師で、教師として接している時は勿論《もちろん》のこと、プライベートで会った時も、意地悪な言動は決してしない人だった。

なのに、今はこの通りだ。

過去の事実を引き合いに出して、意地悪を言われたことに抗議《こうぎ》すると、憤慨《ふんがい》して突《つ》き出していた上下の唇《くちびる》を指で摘《つ》まれてしまった。

「当然です。大事な生徒に失言なんぞで嫌《きら》われたくはありませんからね。でも、今のあなたは生徒ではなく、私の可愛いつれあいです」

――何をしても、どんな姿でも可愛いのですから、冗談《じょうだん》のひとつふたつは許してくださいな。

好青年風の爽《さわ》やかな笑顔でそう言われてしまうと、こちらはもう為《な》すすべもない。

「むううっ」

反論しようにも上手い言葉が見つからず、おまけに唇も摘まれたままだ。

あまりの歯痒《はがゆ》さに、思わず唸《うな》ってしまった。

(可愛いって、また言われた)

以前から彼に『可愛い』とよくおだてられるけれど、このあからさまな言葉にはいつまで経っても反応に困ってしまう。

元より、そんなことを彼以外の人に言われたためしがない故の戸惑《とまど》いもある。

あと、自分と〝可愛い＝愛らしい〟という印象があまり結びつかず、素直に喜ぶよりも先に、そう言われた理由を考えてしまうのだ。

(彼には、私が子供っぽく見えているのかな？　どうにも彼のこの感覚は、私達の

年の差とも関係している気がするのよね）

彼の言う『可愛い』は、性質としての〝愛らしさ〟よりも、年少者を〝愛でる〟感覚に近いのかもしれない。

そう考えると、彼の言う『可愛い』にも合点がいく。

（可愛がるって感覚は、互いの年齢《ねんれい》の開きがあるほど強そうだけど、彼はどうなんだろう？　まあ、年がわからないからどうとも言えないか）

彼からは年齢を明かされていない。

外見から年齢を推測しようにも、彼に限ってはどうにも当てにはならないようなのだ。

なにせ、今は二人共に三十歳《さい》くらいの同年代にしか見えないのだけれど、今からおよそ十五年前に二人が初めて出逢った時、私は十五歳で、彼は二十代前半に見えたのだから。

（高校時代を基準に考えれば、おおむね……ううん、やっぱりわからない）

彼の年齢はどうにも推測しがたいが、いずれにせよ、それなりに年齢の開きはあるはずだ。

その、ある程度の年の差が、彼に私のことを可愛いと言わしめる一因になっているのではないか。

まあ、私がなにをどう考えたところで、この年齢不詳《ふしょう》のつれあいの言う『可愛い』の真意は、彼のみぞ知るところなのだが。


それよりも持て余しているのは、自分の心だ。

色々と複雑に考えてはいるが、これは単に照れ隠《かく》しでしかない。

彼のたった一言に浮《う》かれて、でも、どうにも素直になれなくて、『可愛い』につい抵抗《ていこう》してしまう。

あまりの気恥《きは》ずかしさに堪《た》えかね、自らの頬に手を当てて顔の半分を隠す。

すると、手の厚みの分だけ顔の輪郭《りんかく》が膨《ふく》れた私を見た彼が、「おや、さらに雪だるまらしくなった」と茶化してきた。

（もうっ！　この人、ホント、イヤ！）

唇を摘まれたままでも構うものか。

無理やり上体を捻《ひね》って後ろを向き（途中《とちゅう》、彼はご丁寧《ていねい》にも私の唇を摘まみ直した）、彼の両頬を抓《つね》ってやった。

意地悪をされた仕返しだ！

唇を摘まれた女と、頬を抓られる男。

まるでにらめっこのような状況《じょうきょう》に、二人は同時に噴《ふ》き出した。

◇

「あなたの体の冷えは心配なのですが――」

ひと通り笑いが収まると、彼は再び私を抱え直して、私の冷たい手を自らの温かい手で包み込む。

「実はね、互いの体温や体感温度に差があることを、とても気に入っているのです」

言いながら、彼は互いの手を私のお腹に押《お》し当てた。

かじかんだ手にセーターと彼の熱がじわじわと伝わる。あったかい。

「どうして?」

振り返って訊《き》くと、間近にあった彼の薄《うす》い唇が笑みを形作る。

「寒くなると、あなたは暖を求めて、いつにも増して積極的に私にくっついてくれるから。好いた相手に求められれば、男は嬉しいものです。それに、私も大手を振ってあなたを抱っこできる」

答えは至極単純明快だった。

私達が互いの体温と愛情を分け合えることを、彼はとてもお気に召《め》しているらしい。

「そう考えると、私達って、案外調和が取れているんですね」

「そう。結構なことです」

他愛ないことだけど、この調和はこれから先の人生を共に過ごす中で、案外重要なことなのかもしれない。

(それにしても、この人は本当によく、私を好きだと臆面《おくめん》もなく告げて、その理由も誤魔化《ごまか》さずにきちんと伝えてくれるなあ。私もちゃんとこの人を大切に思う気持ちを伝えられているのかしら)

改めて振り返ると、彼と私は体温云々《うんぬん》だけでなく、愛情表現にもずいぶんな差があるような気がしてきた。

彼は朴念仁《ぼくねんじん》だけど、私に対してはその様は鳴りを潜《ひそ》め、こうして、今みたいに言葉や態度で可能な限り愛情を示してくれる。

彼の愛情表現は、激情に任せた、烈火《れっか》の如《ごと》く乱暴で刺激的《しげきてき》なものでは決してない(稀《まれ》にそういうこともあるけれど)。

ゆるりと心身に染み渡《わた》るような、ぬるま湯にも似た愛情を緩《ゆる》く長く、魂《たましい》の奥《おく》深くまで注ぎ続けるのがこの人のやり方だ。

対して、私はどうだろう。

自分では、彼が大切だと言葉と態度で示しているつもりだ。

でも、彼がたまに寂《さび》しげな顔をするところを顧《かえり》みるに、まだ伝え足りていないのだろう。

彼の低い声も、
力強いぬくもりも、
甘えたがりなところも、
私の名を愛おしげに呼ぶ様も、
少し……いや、かなり意地悪なところも、
ふとした拍子《ひょうし》に見せる憂《うれ》いを帯びた表情も、
他の何よりも、私のことを大切に思ってくれていることも、
そして、彼の抱えるなにもかも——そう、彼のすべてを愛している。

だというのに、それを余すことなく伝えるのは、なかなか容易ではないようだ。

（矢潮さん、貴方がとても愛しいの。私にとって貴方は、数多の星が霞むほどに強く輝く存在なのに、私はそれをなかなか上手に伝えられない）

甘えるように彼にもたれ掛かり、もっと精一杯《せいいっぱい》気持ちを伝える努力をしようと心に誓《ちか》った。

「ねえ、矢潮さん。私はちゃんと、貴方が好きだと……大切なのだと伝えられているる？」

照れ隠しにもじもじと指を蠢《うごめ》かし、時に彼の指を絡《から》め取りながら尋《たず》ねてみた。

「伝わっていますよ」

彼がこめかみにキスをして、答える。

「私には、ちょっとだけ物足りない愛情表現かとは思いますが――」

「！」

耳元で囁《ささや》かれて、心臓が小さく跳《は》ね、項《うなじ》がゾワリと粟立《あわだ》った。

「ゆづるさん、聞いてる？」

（また！）

唇が耳の縁《ふち》を掠《かす》め、擽《くすぐ》ったいのと恥ずかしいのとで、思わず顔を逸《そ》らしてしまう。


彼に名前を呼ばれるのは好き。

それだけで、なんだか元気になるから。


私の名前が穏《おだ》やかな声で以て彩《いろど》られ、優しく耳に入り、心地よく鼓膜《こまく》を刺激し、余《よ》韻《いん》が耳の奥にじんわりと残るのだ。

まるで、彼に呼ばれるために誂《あつら》えられた名ではないかと思えるほど、よく耳に馴《な》染《じ》む。

だから、名前を呼ばれるのは大歓迎《だいかんげい》。

でも、そこに吐息《といき》が混じると、途端に艶《つや》めかしさが匂《にお》いたち、聞いていられなくなる。

私には、刺激がいささか強すぎるのだ。

吐息混じりの掠れ声を聞いた途端に、頬が火照る。もしかしたら、耳まで真っ赤かも。

(恥ずかしー。隠れたい)

できる限り彼から顔を逸らして俯《うつむ》いたのに、わざわざ彼の唇が耳を狙《ねら》って追いかけてきた。

これは、私の羞恥心《しゅうちしん》を煽《あお》るつもりで、わざとやっているな。

「あなたの控《ひか》えめさはね、焦《じ》らされているようでいいんだ。こうして寄り添った時に、悦《よろこ》びが倍増するからクセになる」

「止めて！　恥ずかしいから」

とうとう堪えきれずに、顔を手で覆《おお》って隠すと、すぐ脇《わき》でクックツと笑い声がした。

「本当に、あなたは可愛らしい。あなたの前では、数多の星も霞むよ」

「また、そういうことを言う」

もう。本当に、この人どうにかして。

◇

くっつき魔《ま》を引き剝《は》がしてからその隣《となり》に腰《こし》を下ろし、天体観測を再開する。

墨《すみ》を零《こぼ》したような真っ黒な空に、燦然《さんぜん》と輝く数多の星。

遥《はる》か彼方《かなた》の宇宙を漂《ただよ》い、その闇《やみ》に決して呑《の》まれることのない強い光を放ちながら空に在り続ける様を想像すると、感動すら覚える。

だが、同時にもの寂しく感じてしまうのは、やはり記憶《きおく》の片隅《かたすみ》にある過去の星空を思い出すからだろう。

「この星空もとても綺麗《きれい》だけど、私達が子供の頃《ころ》は、大きな星から塵《ちり》のように細かな星まで、本当によく見えましたよね。こうして星空を仰ぐと、時の移ろいを感じるなー」

しみじみとそう告げると、いつもはどんな話にも即座《そくざ》に返事をくれる彼が、珍《めずら》しく口籠《くちごも》る。

(私、なにかおかしなこと言ったかな?)

そっと彼を窺《うかが》うと、心なしか戸惑っているように感じられた。

昔の星空の様子を思い出すのに、時間が掛かっているのだろうか。

「……そうですね。昔は、現在のように夜中まで照明が点いていることはなかったので、日が暮れると本当に真っ暗で、その分、星もよく見えたものです。満天の星なんて、ごくありふれたものだった」


彼の調子にも表情にも、特段変化はない。

ただ、彼の纏《まと》う空気がわずかに緊張《きんちょう》していた。


(さっきの話のどこに引っ掛かったのかしら?)

幸せなひと時を、自分の発言で台なしになんてしたくない。

彼の気掛《きが》かりがなにか、それを探るのはまたあとで。

まずは、彼の緊張を緩めなければ。

こちらの警戒《けいかい》を悟《さと》られないように、彼が緊張していることに気付いていない態《てい》でさり気なく振る舞《ま》う。

気楽に話せるような無難な会話に持っていくには、やはり彼の発言を参考にするのがいいだろう。

ピックアップする話題を慎重《しんちょう》に選ぶ。

「それ、地上の明かりが星空に影響《えいきょう》を及《およ》ぼすということですよね。電気の照明って光が強いのかな」

「どうやらそのようですね」

そう頷《うなず》く彼から緊張が緩むのがわかる。

「いくら地上でのこととは云《い》え、電灯を広域で使用すれば、空をも照らしてしまうのでしょう。結果、星の光は薄れ、消えたように見える。夜間の活動に照明は不可欠ですが、やはり趣《おもむき》はありませんね」

苦笑混じりに告げる彼の雰囲気《ふんいき》に、違和感《いわかん》はない。

なんとか不穏《ふおん》な状況からは脱《だっ》したようで、それにひとまず安堵《あんど》した。

二杯目《にはいめ》のコーヒーを飲みながら、先程の自身の発言を省みる。

今後、うっかりヤブヘビを仕出かさないように、彼のネックとなりそうな話題を把握《はあく》しておかなければ。

（でも、とりわけ大した話をしたわけでもないのよね）

彼が口籠る直前に私がしたことと言えば、昔の星空の有り様について彼の共感を求めると共に、古今の星空を比較《ひかく》して、時の移ろいを実感したくらいだ。

（まさか、星空の話はしたくなかったとか？　ううん、さすがにそれはないわね）

そもそも、私をこの星空の下に連れ出したのは彼だ。

自ら、苦手な話題を誘発《ゆうはつ》するような真似はしないだろうし、少し緊張気味ではあったものの、星空の話なら彼の口からも語られた。

ならば、彼は私の発言の中に、どんな懸念《けねん》材料を見つけたのか。

（ひょっとして、『〝私達が〟子供の頃』って言葉に引っ掛かったとか？）

問題の発言をした時、彼に子供の頃に見た星空を思い起こさせるよう誘発し、共感を得るために、〝私が子供の頃〟とは言わず、〝私達が子供の頃〟と言ったように記憶している。

そんな私の一言から、彼は自らの過去を思い出して、何か感じるものがあったのかもしれない。

(昔のことを思い出したり、話したくない気持ちがあったから、あの瞬間《しゅんかん》、口籠っちゃったのかな。それとも——)

ただ単に、回想することすら忍《しの》びなく、その記憶の一端《いったん》でも語ることを避《さ》けたかったのか。

或いは、彼の過去に関する話を聞いた私が、彼にとってなにかしら不都合になることを悟ってしまうのを恐《おそ》れたとか。

(なにかしら不都合になること、か。たくさんあるんだろうな。ねえ、矢潮さん)

彼は多くの秘密と謎《なぞ》を抱えた人だ。

年齢、家族構成、出身地、経歴等、彼の基本的な情報を、私は大まかかつ曖昧《あいまい》にしか聞かされておらず、詳細《しょうさい》を尋ねても、はぐらかされてきた。

それればかりか、彼が家庭教師として私の前に現れた時は偽名《ぎめい》を使っていたし、豊富な知識や、たまに私に教授・実践《じっせん》する〝おまじない〟も、どこで仕入れたのかさっぱり謎なのだ。

合理的な人だからこそ、彼の言動には必ず、なにかしらの意味がある。

だから、彼が私に秘密を明かさないのも、きっと彼なりに理由があるのだろう。

それに、私にとって必要なこと――つまらない嘘《うそ》や、道徳や倫理《りんり》から外れた行為《こうい》の有無等――は尋ねれば、必ずきちんと教えてくれるのだから、彼に秘密があろうとなかろうと、大した問題ではない。

問題があるとすれば、先程のようにふとしたきっかけで彼が困惑《こんわく》する羽目に陥《おちい》ることだ。それと――

（問題はないんだけど、まったく秘密が気にならないわけではないのよね）

秘密にされて寂しいのか、秘密に対する好奇心《こうきしん》なのか、はたまたその両方なのか。

彼が秘密を抱えるように、私もまた複雑な感情を抱《いだ》いていた。

脱線《だっせん》した思考を戻《もど》して、彼のネックとなっていることについて考える。

彼はどうやら、私と出逢うよりも以前の話を振られるのが苦手なようだ。

最初は、彼の生い立ちが明かされるのを避けたかったのかと思った。

だが、ことの発端《ほったん》となる私の発言に、彼自身の過去について語らせるよう促《うなが》す要素は大して含《ふく》まれていない。

ならば、昔の話をすることそのものが嫌《いや》なのだとしたら、どうだろう。

彼が忌避《きひ》することを勝手に推量するのは無粋《ぶすい》だと思いつつも、考えを巡《めぐ》らせていると、ふと閃《ひらめ》いた。

(もしかすると、ご自身の年齢が割り出されるのを厭《いと》っているとか⁉)

時代が大きく関わる流行モノの話題ならいざ知らず、当時の星空の状態で年齢を推測するのはかなり難がある。

だが、年齢の発覚を忌避する人にとっては、どんなものであれ、過去の話題については自ずと警戒するものなのかもしれない。

(彼がそうまでして年齢を明かしたくない理由はなに? 私が年齢を知ると、彼になにか不都合でも生じるのかしら?)

では、つれあいの年齢や互いの年の差が発覚することで生じる不都合とは、一体どんなものなのか。

(私達夫婦が築き上げた信頼《しんらい》関係の破綻《はたん》とか?)

およそ、同年代より少し開きがある程度の年の差と思《おぼ》しき私達夫婦。互いの年齢や、年の開きが気に入ったから好きあったというわけではないので、彼の年齢が判明したからといって、それがきっかけで夫婦仲が悪化するなどとは、到底《とうてい》思えない。

では、他にはどんな不都合があるのだろうかと考えたが、私の想像力では大してなにも思いつかなかった。

大体、憶測《おくそく》を並べたって、そこからはなにも生まれやしないのだ。

とりあえず、彼が過去の事柄《ことがら》について触れられたくないようなのがわかったのだから、よしとしよう。

（とはいえ、つい考えちゃうのよね、彼が頑《かたく》なに年齢を伏《ふ》せる理由。不都合とかじゃなくて、単なる意識の問題なのかも。彼があまり年を取ったように見えないことと、関係があったりして。……そう、この星空みたいに変化が――）

ぼんやりと空を眺《なが》めているうちに、ふとある考えが浮かび、思わず息を呑む。

地上では、その時代を生きる人々の生活の営みに合わせて、照明もまた増減する。

そして、そんな照明の影響を受けて、ごくゆっくりと変化をしていくのが星空だ。

その変化は、数年単位ではなかなか気付かない。

だが、過去の記憶や画像等と、今この時、目にしている星空を照らし合わせて見ることで、初めてその変化に気付くことができる。

（貴方は、星空に似ているのかもしれませんね。矢潮さん）

隣で空を仰ぐ彼をこっそりと窺い、胸中で独りごちた。

十三年間。

それは私達が離別《りべつ》していた年数。

私はその間に相応の年を取った。

しかし、彼も同様かと問われれば、首を傾《かし》げざるを得ない。

十五年前、二十代前半に見えた彼は、順当に行けば、現在は三十代後半ないしは四十歳前後と考えるのが妥当《だとう》なところだ。

けれど、今隣にいる彼は、どうにも三十歳そこそこにしか見えなかった。

普通《ふつう》に考えれば、ただ若く見えているだけなのだろう。

世の中には、実年齢より十歳以上若く見える人などザラにいるのだから、彼がそうだとしても不思議はない。

だがもしも、それ以外のまったく別の可能性があるとしたらどうだろう。

例えば、長い年月を掛けて変化していく星空のように、彼の肉体もまた、普通の

人と較《くら》べ、ごくゆっくりと老化しているのだとすれば？（突飛《とっぴ》な話だけど、それなら年齢を隠したがる理由も、なんとなくわかる）

根拠《こんきょ》も何もない、単なる憶測……否、想像でしかないが、もしもこの憶測の通りなら、彼の実年齢は私の親と同年代の可能性もあるのだ。

実年齢を明かすことで、外見年齢との大きすぎるギャップや、自分達二人の年齢差について、私が妙な意識（例えば、私が彼の年を知ってドン引きするとか、つれあいとして見られなくなってしまうとかだろうか？）を持つことを懸念していたとしても不思議ではない。

それに、彼が過去に偽名を使っていたのも、加齢《かれい》速度の緩やかな人間が、社会に溶《と》け込むための手段であるとも考えられる。

……まあ、謎多き彼の場合、偽名を使った理由については、前述のそれだけとは限らないのだろうが。

（これらはすべて私の憶測であり、単なる想像に過ぎない。でも、もし万が一、これが事実なら、彼は――）

彼が辿《たど》るかもしれない未来を思うと、たとえ想像だとしても、胸が締め付けられる。

夜空に輝く数多の星。

彼が子供の頃に見た、『ごくありふれた』星空には、一体どれくらいの星が溢《あふ》れていたのだろう？

そして、彼がすっかりおじいさんになる頃には、果たして空の星は、どれだけ残っているのだろうか？

◇

「ゆづるさん、今、何を考えているのですか？」

深刻そうな声で彼が問い掛け、星空を仰ぐ私の頬に触れる。

温かな彼の掌《てのひら》が左の頬を覆い、硬《かた》い親指の腹で左目の下瞼《したまぶた》をなぞり上げた。

私は泣いていない。

でも、泣きそうな顔なのかもしれない。

「夜空に願っていました」

「なんと?」

「〝美しい星空が、この先もずっとありますように〟

ずっと先の未来も、貴方と、そして、いずれ生まれてくる子供達と共に、今みたいに星空を眺めていたいから」

「叶《かな》いますよ、きっと」

彼が優しく微笑《ほほえ》む。

「でも、こうも願っているの」

注意深く彼の目を見て、祈《いの》るように殊更《ことさら》ゆっくりと告げる。

「〝夜空から星が消えてしまうくらい遠い遠い未来も、貴方と共にいたい〟」

彼の表情から不意に笑みが消えた。

どんな感情が、今の彼の中にあるのだろう?

(迷子のような顔をしているわよ、矢潮さん)

途方《とほう》に暮れるような、強がって平静を取り繕《つくろ》うような。

そんな心の揺《ゆ》らぎを見せた後、泣きそうな顔で笑む。

「嬉しい言葉。プロポーズのようですね」

「プロポーズですよ。でも、〝その願いは叶わない〟って、顔に書いてあるみたい」

少し意地悪を言うと、彼は首を横に振った。

「そんな、まさか。そうであればいいと思っていますよ」

「泣きそうな顔してる」

「意地悪を言わないで、ゆづるさん」

「ごめんね」

謝って、彼がそうしてくれたように、私も右手で彼の頬を覆い、親指でその目元を拭《ぬぐ》った。


星空を眺めて思い付いた彼の年齢についての憶測だか想像を今告げたら、この人はどんな顔をするだろう。

でも、あながち見当外れではないのかも、と彼の震《ふる》える手を感じて、思った。

「抱っこしましょうか、矢潮さん？」

立ち上がり、彼と向き合って腕を広げると、無言で背中に腕を回されたので、お返しにこちらは彼の頭を抱える。

しがみつくような強い腕の力に、やっぱり迷子みたいだな、とぼんやり思う。

「貴方が抱えるたくさんの秘密ごと、貴方を愛していますよ、矢潮さん。でも、それがもとで貴方が苦しむくらいなら、どうかひとりで抱え込まないでね。私、案外、タフなのよ」

抱える頭が、腕の中で三度頷いた。

もしも、本当に貴方がごくゆっくりと年を重ねていくのだとしたら。

私に許された時なんて、貴方の生きる時の長さに比べたら、ごくごく儚《はかな》いものなのでしょう。

私は、貴方よりも先に老いる。

そして、貴方はいずれ、私を失う。

願わくば、それから先の幾星霜《いくせいそう》、ひとりにはどうかならないで。

私の心はずっと貴方の心に寄り添うから。

きっと、貴方の傍《そば》には子供や孫もいる。気のおけないご友人もいるでしょう。

もしも寂しくなったなら、その時は空に輝く数多の星を見て、今日や、これから起こるであろう幸せな時を思い出して。

そのために、この綺麗な星空があるのかもしれない。

——これから先も、たまにでもいいから、また、綺麗な星空の下で楽しくお喋《しゃべ》りをしましょうね。


「矢潮さん。私に許された儚い時を、貴方に差し上げます。だからどうか、私を離《はな》さないで」

星空に願いを。

愛する人に祈りを。

おもむろに顔を上げた彼が、私にそっと口付ける。

しっかりと私を抱き締める彼の腕から、私を決して離すまいとする強い意志が伝わるようだ。

私はその思いをすべて受け入れて、彼を強く抱き締める。

貴方が私を望んでくれるから。

私も貴方を望んでいるから。

［ 5分後に切ないラスト ］

Hand picked 5 minute short,
Literary gems to move and inspire you

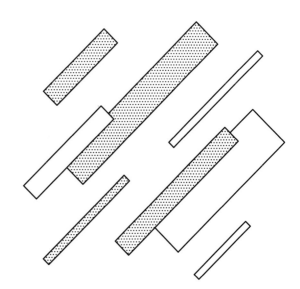

モブの生き方（仮）

るえかの雨

1

最近の高校生っていうのはさ、受験の時にラインのＩＤ交換《こうかん》をして、入学式の時には、もうグルーピングされていて、三日もすればクラスラインで全員の自己紹《しょう》介《かい》が完了《かんりょう》している、って知ってた？

そんな超《ちょう》光速情報社会に自分がついて行けるわけがなく、モタモタしているうちに、クラスライン内では、春合宿のグループ分けの話まで持ち上がっていた、らしい。

クラスには四十人の生徒がいて、そのうち三十人が男、十人が女。

でもって、ラインにあぶれている男が三人、女〇人。女子ってすげぇ。

貴重なこの三人にモブの自分が入っているなんて。

その他大勢じゃないのは、この時が初めてかも。

この時期になって、初めて委員長が『あれ、全員じゃなくね？』って気づく。

どこにでもいるんだよね。

影《かげ》にいる人に手を差し伸《の》べる、ナイチンゲールみたいな学級委員長。

しかも、二人。一人は成績優秀《ゆうしゅう》、故に先生から無理やり任されてしまったちょっと気の弱い系の女子。

もう一人は、クラス一斉《いっせい》スタートで行われるカースト構築において、あっという間に頂点に上り詰《つ》め、お前しかやる奴《やつ》いねぇじゃん、とかって持ち上げられ、ノリと責任感で神輿《みこし》に乗っちゃう系の男子。

控《ひか》えめで美人な委員長にやたら絡《から》んでいる人気者くん。恋のフラグがヒラヒラとはためいてる、っていう二人。

そんな二人がセットで自分のところにやって来た。

ラノベだったら、完全割愛の一ページ。二人の愛の軌跡《きせき》において、記憶《きおく》にも残らないミクロサイズのエピソード、って感じかな。

「渡瀬《わたせ》忠《ただし》、だよな？　お前、スマホ持ってる？」

クラスのリーダー、田尾松陽《たおしょうよう》が座っている俺の目の前に立つ。

その後ろには、委員長の山本有《やまもとゆう》さん。

俺の名前を確認した割には、いきなりお前、扱《あつか》い。

でも、リーダーだから当然スルー、俺もスルー。

「持ってるよ」

「良かった、じゃあ、今、ライン交換しよ。クラスライン、お前と中村《なかむら》と佐伯《さえき》だけ入ってなかったんだよ」

「あ、っそ」

俺は、初めての『ＩＤ交換』に手を震《ふる》わすも、『面倒《めんどう》くさいけど、しゃーねーな』の態度で携帯《けいたい》を取り出した。

「良かったよ。お前以外の二人、ガラケーでさー、ライン入れられないらしくて……」

それじゃ、自分は最後の一人だったわけだ。

すげぇ、レアじゃん、俺。

なんかもったいなくね？

レアじゃん、かっこよくない？

けど、こんなこと言ったら『出たよ。天邪鬼《あまのじやく》の目立ちたがり屋』とかって引かれるのが目に見えてるから、大人の俺は素直にＩＤを交換した。

そしてこの瞬間《しゅんかん》から、俺は正真正銘《しょうしんしょうめい》、完全なるモブへと飛躍《ひやく》することが決定した。

それじゃ、と去っていった二人の後ろ姿を見ながら、結局委員長の山本有さんとは一言も、というか目さえも合わなかったと、気づく。

んで、山本さんどころか、きっと田尾ともこれっきり話すこともなく、一年間が過ぎ去るのだろう、と悟《さと》った。

2

——数学教科書、忘れて来たー、誰《だれ》か、宿題んとこ写メして〜——

ピロンと一回鳴った電子音。数秒後には、ピロン、ピロン、ピロン、ピロ、ピロ、ピロン……と立て続けに鳴る。

うっせんだよっ！

俺はクラスラインをサイレントに設定した。

これで音は聞こえない。

いや、それならそれで、滝《たき》のように流れるコメントがエンドロールのごとく目の端《はし》に映る。

こちとら、その例の数学の宿題やってんだよ。

おい、もう答え出してる奴いるし。

思わず見やる答え。

回答者は田尾。

だよねぇ。さすがだ。

学年順位こそ、山本さんには及《およ》ばないけどトップ10入りレベル。

それに加えて、この会話の滝をスルスルと昇《のぼ》るがごとく、会話の中心にいるんだから、思考回路は聖徳太子ってね。

俺は見ないぞ。ちゃんと自分の力で、この数学を解く‼

――その決意は数分後には脆《もろ》くも崩《くず》れた。

違《ちが》うし、答え丸写しじゃないし、答え合わせだし！

ったく、一体誰に言い訳しているんだろうな、俺は。

そんなこんなで、宿題（コピペともいう）に精を出す俺の目に、ある会話が飛び込《こ》んできた。

――有ちゃんの写真、マジヤバイよね――

――あー、タイムラインのでしょ。見た見た。アレはヤバイ――

ん？　なんだ？

もちろん、俺は会話に入ったことがない。いつも、チラッと覗《のぞ》くことしかしない。

だから、今回だって今まで通り、覗くだけだ。

山本さんの何がヤバイのか、チラッと確認するだけだ。

俺はタイムラインを開いた。

そして、山本さんがアップしていた記事を覗いた。

それは、ちょっとした日記みたいなもので、青空の写真が添付されていた。
真っ青な澄《す》んだ空に浮《う》かぶ、ポッコリした雲。
そして、ポツリと語られる一言。
「なんだコレ?・」
俺は、これを見た瞬間に、思いもよらないほど感動してしまった。
山本さんの写真と、そこに書かれていた一言に。
思わず自分がモブだということも忘れて、共感を示すボタンを押《お》していた。
山本さんが上げている青空の写真を遡《さかのぼ》り、その都度感動して、ボタンを押し続けた。
その数、十。
やべっ、コレ気味が悪いよな。
いきなり、こんなにボタンを押したら……。
でも今さら取り消して、それを見られたら見られたで気まずいし。
まあ、どうせ俺はモブだ。適当にスルーされるだろう。

若干自虐的《じぎやくてき》な思いを感じつつ、次の写真を見ようとして、ふとコメント欄《らん》があることに気がついた。

さすがにコメントはできないよな……。

しかし、コメント欄には数字が入っている。

これは、きっとコメントを受けた数だろうと思った。

見ていいのか？

コメントは誰でも見られるようになっている。

けど、関係ないコメントを見ることに、俺は強く嫌悪感《けんおかん》を持った。

まるで、覗き見をしているみたいじゃないか。

だけど……。

嫌悪感を持てば持つほど、同じ大きさで、見たいという欲求に駆《か》られる。

俺は……。

コメント欄を開いた。

3

――有ちゃんの青空。感動した!!　そして、その言葉の一つひとつが胸に響《ひび》いて。
俺は、君の才能は本物だと思う。大学は芸術方面に行くの?――
田尾だった。
田尾からのメッセージだった。
俺とほぼ同じことを思い、素直に感動を伝えていた。
田尾はモブじゃないから。あいつは主役級だから、想いを伝えていいやつなんだ。
誰への遠慮《えんりよ》もいらず、ウザイと思われる心配もなしに。
なにが『感動した!!』だよ。俺だって、そう思ったよ。
なにが『有ちゃん』だよ。俺だって……。
俺の心臓はいっぺんにささくれ立った。

感動した気持ちが間違《まちが》いだったんじゃないか、って思うくらいに。

あんなに澄み切った想いを感じていたのに。薄汚《うすよご》れて、臭《くさ》くて、濁《にご》っている。

そしてさらに、よせばいいのに、俺は山本さんの返事まで覗いた。

——田尾くん、ありがとう。

すごく嬉《うれ》しくて、天にも昇りそうです（笑）

田尾くんのデザイン画も素敵です。

私にはとても真似できないと、いつも思ってる。

田尾くんこそ、芸術家になれる人です——

田尾のデザイン画？

俺は、田尾のタイムラインを開いた。

そこには——、デッサン画が何枚もアップされていた。

まるで、プロのデザインみたいに斬新《ざんしん》で、かっこよく、個性があって目を引きつけるものばかりだった。

「なんだよ。これ」

才能がある同士の、お似合いの二人じゃんか。

こっちのコメント欄にも、山本さんからの賛美のメッセージが書かれていた。

二人のコメントのやり取りを覗き見る俺。

「俺、気持ちわりぃ」

人の会話を覗き見する。

自分が気持ち悪くて悪くて、反吐《へど》がでそうで、俺はたまらずトイレで吐《は》いた。

吐瀉物《としゃぶつ》や涙《なみだ》と一緒《いっしょ》に、俺にとって大事な何かも全部全部吐き捨てて、俺はくだらない空っぽな人間になったような気がした。

（モブのくせに。お前はモブのくせに！）

俺だって、俺だって、本当はモブなんかになりたかねぇよ。

一度でいいから、主役やってみてぇよ!!

好きで、モブなんかやってっかよ！

ズブズブと汚水《おすい》にまみれた沼《ぬま》の中をひたすらに歩き回る。

臭くて、汚《きたな》くて、吐き気が止まらない。

いやだ。俺はもういやだ。いやだ。

4

結局俺は、ＳＮＳの世界から逃《に》げ出した。
クラスラインから抜《ぬ》けることにした。
いいんだか、悪いんだか、俺が抜けても誰も気がつかないしな。
アプリも消去した。
クラスでも、周りと連むのは極力抑《おさ》えた。
いわば、モブからの脱出《だっしゅつ》。
モブ以下。言ってみれば、風景、というところか。
いやしかし、風景もやってみれば、同じような奴がいるもんだ。
そういう奴と必要な時だけ連む。
モブにこだわっていたことがアホに感じるほど、最近は穏《おだ》やかな気持ちになった。

やっぱさ、俺にとっては、モブですら大役だった、というわけだ。

俺は携帯を取り出して、自分で撮《と》った写真を眺《なが》めた。

誰に見せるつもりもなく、身近な花や、虫、それから出会った動物なんかを、下手なりに携帯で写真に納めていた。

まあ、目的はなくて……、写真で綴《つづ》る日記みたいなもんだ。

自分の写真を眺めていると、いかに山本さんの写真がうまかったかと、改めて実感する。

「別に、俺は俺でいいんだけどさ」

俺が適当にスクロールして眺めていると、

「わぁー素敵じゃん。今のもう一回見せて〜」

声に振《ふ》り向くと、山本さんが俺の携帯を覗き込んでいた。

「えっ⁉　あぁ、いいけど……」

俺はドキドキしながら、携帯を彼女《かのじょ》に向けた。

俺は風景。

そうか、主役は風景を眺めるんだっけか。

「こんな写真面白い？」

風景になった途端《とたん》、肩《かた》の力が抜けて、俺は山本さんに自然に話しかけていた。

「面白いよ。渡瀬くん、私の写真に『共感《いいね》』押してくれたでしょ。お礼言おうと思ったのに、抜けちゃうんだもん」

「えっ……？」

顔をあげたら、やたらと優しい顔で笑う山本さんと目があった。

なんだよ、これ。

モブの時はこんなのなかったよな。

何？　主役って、風景にはこんなに優しく微笑《ほほえ》んでくれるのか？

いや、そうじゃない……。

もうやめた、やめた。

俺はリアルで生きている人間だ。

ＳＮＳの中の住人じゃねぇ。

モブも風景もやめた。

山本さんに写真を見せながら、俺は人間として生きることに決めた。

そう決めたら、山本さんも人間に思えた。

田尾だって、他の奴らだって。

社会っていうのはさ、そりゃあ上とか下とか、そういう秩序《ちつじょ》みたいなものがなきゃ上手くいかないってことは、俺みたいなガキだって、うすうすわかる。

けどさ、主役か、モブか、風景かは、自分でカテゴライズしていただけだ、ってやっと気がついた。

自分で自分の役を決めるなんて馬鹿馬鹿《ばかばか》しいことだったんだ。

俺は自由だ。

ＳＮＳの世界なんかから飛び出して、自由な人間になってやる。

それこそが、リアルなんだ！

［5分後に切ないラスト］

Hand picked 5 minute short,
Literary gems to move and inspire you

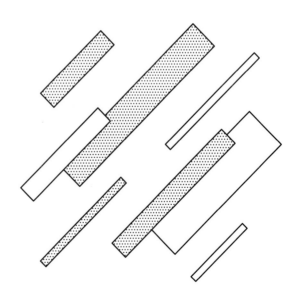

あの子とリンゴ飴《あめ》

東堂薫

大好きだけど、大嫌《きら》い

うちには弟が一人おります。

いえ、おりました。

つい最近、亡うなりましたん。

生まれつきの虚弱《きょじゃく》体質でしてな。

最期は、うちも、おばちゃんやさかい、よう看病できんと、病みやつれて、えろう汚《きたな》いおっさんになってしまいよったんですけど。

誰《だれ》も想像できへんかったでっしゃろなぁ。

最期のころの弟を見て、これが若い時分には、それはもうビックリするような美少年やった、なんて。

少年のころの弟は、ほんまに二枚目役者にも、そうはあらへんような美少年でしたえ。

喘息《ぜんそく》持ちで心臓も弱くてなぁ。いつも青い顔しとりました。それがまた、母性本能くすぐる言うて、近所の娘《むすめ》らの人気もんでした。

昭和の三十年代のことです。

ずいぶん前のことですなぁ。

うちのお父はんは、簪《かんざし》の職人しとりました。舞妓《まいこ》はんの使う花簪を作っとりました。布切れを丸めて一つひとつ花の形にしましてな。きれいな簪にするんです。だけど、うちは一回も、あないキレイな簪、つけさしてもろたことないですなぁ。

職人の稼《かせ》ぎなんて、たいしたことあらしまへんもん。

その上に、うちとこは弟が、そないな調子で、やれ、どこが悪い。咳《せき》が止まらん、胸が苦しいだの言うて、お医者さんから離《はな》れられへん体ですよって。薬代やらなんやらで、いつも家計は火の車でした。

せやけど、そのとおり、弟は、たいそう可愛い子やったさかい、お父はんもお母はんも、それはそれは、たいそう可愛がりましたん。

ハタチまでは生きへんやろて、お医者さんから言われたんが、また可哀想《かわいそう》や、言うて。

弟のためなら、できるかぎりのことをしてやっとりましたな。

ウナギが食いたい言えば、ウナギ買うて。

湯豆腐《ゆどうふ》、食べたい言えば、料亭《りょうてい》につれていきましてな。

そのへんの豆腐屋さんの豆腐とちゃいますえ。今だと一人前、一万円はする湯豆腐のフルコースですわ。

ほんまに、甘《あま》い、甘い、甘い。

弟が生まれたのは、うちが六つのときやさかい、今でも、ようおぼえとります。

親せき一同が次々やってきましてなぁ。鯉《こい》のぼりやら、金太郎《きんたろう》の人形やら持ってくるんどす。

うちとこの家なん、せまくるしいのに、鯉のぼり立てる場所あらしまへんえ?

どないせえ言うんでっしゃろなぁ。笑てまいますわ。

お父はんも、きばりましてん。

立派な五月人形、買うてましたなぁ。

うちのときには、おひなさまの一対も買うてくれはりまへんでしたけどな。小さいころは、よう、お母はんに泣きごと言いましたわ。

なんで、うちには、おひなさま、あらへんの？

となりの、おしげちゃんも、すみこちゃんも、みんな持っとるのに。

ようこちゃんの雛壇《ひなだん》なんて、五段飾《かざ》りやねんで。おひなさまに、おだいりさま。三人官女や五人囃子《ごにんばやし》まで、おんねんで。

うちには、なんで買うてくれはらへんの？

さんざん、ごねましたけどな。

けっきょく、買うてくれはりまへんでした。

「ごめんな。叶子《かなこ》。テルちゃんが元気になったらな」

それが、お母はんの口グセでした。

そうそう。お年玉かて、いっぺんも自分で使うたことありまへんわ。

正月と言えば、お年玉。年に一度の子どもの天国やあらしまへんか。貧乏《びんぼう》ながらに、親せきまわりやら、なんやら、ちょこっとずつは集まるもんですえ。

それをなぁ。ワクワクして貯めても、三が日すぎるころに、お母はんが言うんですわ。

「叶子。すまんなぁ。テルちゃんが、また喘息の発作、起こしたんや。お薬、買うてこなあかんねん。お年玉、貸してくれへんかなぁ？　必ず、返すから」

お母はんの〝必ず〟は、〝たぶん、そのうち〟なんやと思います。あれから何十年とたったけど、返してもろておまへんからな。

せやし、十さいをすぎるころには、お年玉、もろても、なんもワクワクしまへんでしたな。


こんなことも、おましたっけ。

秋祭りでしたな。

たしか、うちが十二やから、弟が六つのときでした。

親せきのおばちゃんが遊びにきてくれて、近所の神社の秋祭りにつれていってくれたんです。

露店《ろてん》がいっぱい、ならんどりましたん。

うちは貧乏やから、お祭りなんて、つれていってもろたことなかったんです。

もう嬉《うれ》しゅうて、おばちゃんにもろた二十円で、金魚すくいやら、ヨーヨーやらして遊びました。

その日は弟も体の調子がようて、はしゃいどりました。

うちの手をにぎって、離れまへんのですえ。

ほんまに、憎《にく》らしいほど可愛いんですわ。

お宮さんに手あわせて、最後の最後に、その店があったんです。リンゴに飴ちゃんかけた、リンゴ飴ちゅうもんがありますやろ？　あれですな。

その日、うちは初めて、リンゴ飴を見ました。お祭りに来るのも初めてやもんね。ガラス細工みたいな飴ちゃんのなかに、透《す》けてみえる真っ赤なリンゴ。キレイで可愛らしゅうて、どうしても欲しくなったんです。

弟は考えなしやさかい、おばちゃんにもろたお金を全部、使うてました。うちは、まだ少し残っとりましたんや。でも、リンゴ飴、買うにはたりまへん。

うちがグズグズしとると、弟が言いましたん。

「おばちゃん。あの飴ちゃんが食べたい」

おばちゃんはニッコリ笑うて、弟の頭をなでまわしました。

「あかんなぁ。おばちゃん、テルちゃんに甘いわ。これで最後やで？」

そう言って、財布のひもをゆるめると、リンゴ飴を一本買って、弟に手渡《てわた》しました。

「おおきに！　おばちゃん」

弟は、むじゃきに飴ちゃんに、かぶりつきます。

それを見ると、うちはもう羨《うらや》ましくて、しょうがないんです。

じっと屋台の飴をながめていましたが、おばちゃんは買うてくれる気配はありまへん。

そのまま、家に帰りました。

そのころ、うちのお小遣《こづか》いは、毎月十円です。

ノートや鉛筆《えんぴつ》がなくなったときのために、とっといたお金がありました。

うちはそのお金をにぎりしめて、神社にとってかえしました。

だけど、間の悪いことがあるもんですなぁ。

うちの前に三人ほど、屋台にならんどりました。

それでな。前の子が飴ちゃん買うて、ようやく、うちの順番になったときです。

見ると、飴ちゃんが、一つもないんです。さっきは、あんなに、ぎょうさん、ならんどったのに。

「悪いな。嬢《じょう》ちゃん。たったいま、売り切れたで。さっきのが最後の一本や」

お店のおっちゃんの声が、無情にひびきましたわなぁ。

嬉しそうにリンゴ飴にぎって、かけてく、さっきの女の子を泣きそうつらで見送ったもんです。

キレイなキレイな、真っ赤な宝石みたいなリンゴの飴ちゃん。

家に帰ると、弟は、とうに食べおわってました。

うちが食べられへんかったんは、この子が、おばちゃんに買うてもろたからなんです。

それをあたりまえのような顔してる弟が、憎らしいて。

いっつも、そうでしたな。

弟は、うちが欲しくて、コツコツ、がんばっても手に入れられへんもんを、よこからカンタンにさらっていくんです。

「もう！　テルちゃんなんか、キライ！」

八つ当たりすると、弟は泣きました。

「なんで、そんなん言うん？　ぼく、姉ちゃん、大好きやのに。キライにならんといてよ。姉ちゃん！」

ぬれたように大きな黒い目で、じっと見られると、抱《だ》きしめずにはおれへんような子でした。

赤子のときの愛らしさが目に焼きついとるもんやから、どっか母親みたいな心地だったんですやろな。

「ごめんな。ごめんな。姉ちゃんが悪かったわ」

可愛くて、可愛くて。

憎くて、しかたなかった弟。

うちは弟のいる家から、早う出ていきたかったんです。

弟の呪縛《じゅばく》から、のがれたかったんです。

せやから、ハタチのとき、結婚《けっこん》の決意をしました。

相手は今で言うバツイチですな。

二十も年上で子持ちの離婚《りこん》経験者でしたん。

家族は、そらもう大反対ですわ。

おまえは若いし美人なんやし、もっとええ相手が、いくらでもおる言いましてなぁ。

せやけど、相手の男はんは、なかなかのお金持ちやったんです。老舗《しにせ》の和菓子屋《わがしや》さんでしてな。その昔には宮中の御用達《ごようたし》やったんですえ。

お姑《しゅうとめ》さんはイケズそうな京おなごでしたけど、そんなんは、どこの家に嫁《とつ》いでも同じことですやろ?

うちの心は固かったんです。

両親も、そのうちには納得してくれました。旧家の金持ちの嫁になれば、家におるより贅沢《ぜいたく》できますもん。反対できまへんやろ。

年末年始はバタバタするさかい、年が明けて落ちついたら、結納しようかというところまで話は進んどりました。

家のなかで反対するのは、弟の輝之《てるゆき》だけになりました。けれど、これぱっかりは、弟がどんなにワガママ言うても、誰も「うん」と言うてくれまへん。

弟は毎日、ベソベソ泣いて、年の瀬《せ》に風邪《かぜ》をひきましてん。

この子の風邪は、健常者の風邪とは別もんです。それでのうても喘息持ちですさかいにな。風邪でもひこうもんなら、夜な夜な発作起こして、ひどい苦しみようです。

家はもう、てんやわんやですわ。

毎日、お医者さんが来て、生きるの死ぬのと愁嘆場《しゅうたんば》ですわな。

うちは正直言うと、結納が延期になるんとちゃうやろかと、そればっかり気にかかっとりました。

なんとか、一家で新年を迎《むか》えて、ほっとしたのも、つかのま。ちょっと目ぇ離したすきに、弟がおらんようなりましてん。

お父はんもお母はんも、必死で捜《さが》しました。

もちろん、うちもです。

うちの結婚に反対しとりましたし、病気で苦しんどりましたからな。自殺でもするつもりやないかと、気が気やあらしまへん。

そのとき、ふっと思いだしましたんや。

そういえば、今朝がた、妙《みょう》なこと言うとったなぁと。

病床《びょうしょう》から離れられへんくせに、朝一番に「お父ちゃん。新年やで。お年玉ちょうだい」なんて、言うたんです。

子どもがお年玉もろて行くところと言えば、オモチャ屋か、本屋か、駄菓子屋《だがしや》くらいのもんですね。
うちは思いつくかぎりの店をまわってみました。
駄菓子屋にはおりまへん。
本屋は？　本屋は正月休みでした。
ほなら、オモチャ屋やろか？
正月でもあいとる、大きなオモチャ屋のある、となり町まで行ってみました。
あきまへん。オモチャ屋でもありまへん。
途方《とほう》に暮れたとき、神社の前を通りました。
正月のお囃子が聞こえてきました。
そのとき、なんでか、ふっと思い出したんは、あのお祭りの日のことです。

どうしても欲しかった、リンゴの飴ちゃん。
ガラスのようにキレイな赤いもの。

ふらふらっと境内に入っていきました。

すると、鳥居のかげに、弟がたおれとるやないですか。

「輝之！」

かけよると、弟はゼイゼイ言いながら、笑いました。

このとき、輝之は十四さい。

天から舞《ま》いおりた精霊《せいれい》のように、キレイでした。

「姉ちゃん。これ」

そっと、さしだしてきたのは、そうです。

リンゴ飴。

「姉ちゃん。リンゴの飴ちゃん、食べたかったんやろ？」

そのときには、もう、わかっとったんです。

うちの負けやなって。

うちは、この子から、のがれられへんなって。

だって、こんなに愛しくて、愛しくて、しかたないんですから。

だから、弟のせいやありまへん。

弟が泣きだす前に、もう気持ちは決まっとりました。

「姉ちゃん、嫁に行かす前に、飴ちゃんくらい、食わしたらんと」

「だからって、アホやね。あんた、ムリしたら死ぬえ。みんな、どんだけ心配したと思うとるんよ?」

「ええよ。ぼくは、どうせ大人になれへんのやろ」

「アホ言うたら、あかん。病は気から言うやろ? きばりよし」

「きばったら、姉ちゃん、行かんといてくれるか?」

「えっ……?」

輝之は泣きだしました。

泣きながら、うちに抱きついてきました。

「行かんといてえな。ほんまは怖《こわ》いんや。ぼくが死ぬまで、嫁には行かんといて」

「テルちゃん……」

「ぼくが死んだら、行ってもええから。ぼくが生きとるうちは、どこにも行かんといて……」

リンゴ飴みたいな赤い口で、そう言うた、あの子。

初めて食べたリンゴの飴ちゃんは、甘くて切ない味でした……。


大嫌い、だけど……。


うちの結婚話は流れました。

あのあと、すぐに、お母はんが看病疲《づか》れで、亡うならはりましたしね。お父はんも酒量が増えて、五十前に、ポックリ。

苦労でっか?

苦労はしましたよ。

そのあとは、うちが一人で弟を育てましたさかい。

水商売しながら、なんとかかんとか、あの子が死ぬまで、めんどう見ましたえ。

享年《きょうねん》は五十二です。

お父はんより長生きしましてん。

あの子にしては、きばったほうですやろな。褒《ほ》めてやらなあきまへんな。

最期はなぁ。

うちの手をとって、何度も、何度も言いましてん。

「すまんかったな。あんとき、おれが引き止めたばっかりに。ごめんな。姉ちゃん。ごめんな」

ほんまになぁ。

あんたがおれへんかったら、うちは今ごろ、老舗の女将さんやったのになぁ。

でも、ええんよ。

「あんたは、そんなん、気にせんでええ」

「姉ちゃん……」

「あんときのリンゴの飴ちゃん。うまかったなぁ。正月になったら、買うてきたる。せやし、もっともっと長生きして、うちを困らせるんえ？」

ニッコリ笑うたくせに……。

その夜、輝之は逝《い》きました。

いくつになっても、姉ちゃんの言うこと、きかん子や。

なんで、今になって、姉ちゃんを一人にするんよ?

今さら自由にされたって、姉ちゃん、この年じゃ、嫁にも行かれへんわ。

憎くて、憎くて、だけど、それ以上に大好きやった、うちのテルちゃん。

今も目をとじると、リンゴの飴ちゃん、にぎりしめて、泣いてすがった、あの子が、まぶたの裏に浮《う》かびます。

ほら、あざやかやね……。

［ 5分後に切ないラスト ］

Hand picked 5 minute short,
Literary gems to move and inspire you

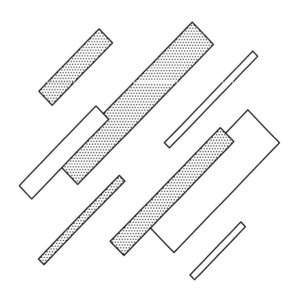

バレンタインの話。

玖柳龍華

二月十四日（水）

「この薄情者《はくじょうもの》どもめ！」

俺はそう言って家を出た。

◇

朝。寝《ね》ぼけ眼を擦《さす》りながら階段を下り、一階に向かう。

すでに朝食の良い匂《にお》いが家中に漂《ただよ》っていて、俺本体よりもまず腹の虫が先に目を覚ました。

朝食はすでに食卓《しょくたく》に並んでいて、俺より先に下りてきていた家族達がすでに食べ始めていた。

少しぐらい待っててくれたってよくね？　確かに俺もちんたらしてたけどさ。

「やっと下りてきたのね、お寝坊《ねぼう》さん」

母親は俺の顔を見るなり、冷蔵庫から食パンを二枚取り出した。

ウチの朝はパンと決まっている。

俺は自分の席に座った。

ふと、隣《となり》に座る父親の朝食と一緒《いっしょ》になって並んでいる見慣れないものが目に入った。シックで洒落《しゃれ》た箱と、キュート系の小さな袋《ふくろ》。

ちなみに、箱の方には有名店のロゴがプリントされている。

「なにそれ」

俺の疑問に答えたのは生意気な妹だ。

「チョコよ」

ふむ。

俺は自分の朝食を見渡《みわた》す。

食パンを置く用の大きめの皿。スープが入った深めの皿。サラダが入った小さめの皿。えとせとら。

「俺のは?」

「え？　なんでお兄ちゃんにあげなきゃいけないわけ？」

と、心底不思議そうに言いやがる。

お兄ちゃんと呼ぶくせに、敬われている気は全くしない。まぁ今に始まったことじゃないし、こいつに尊敬されても嬉《うれ》しくはないけれど。

「二つってことは、お前とおかんのだろ？」

「そーだよ」

「おかんはともかく。なんでお前は親父にあげるのに俺にはないわけ？」

「何言ってんの。義理チョコって日頃《ひごろ》のお礼も兼《か》ねてるわけじゃない？　いつもお仕事お疲《つか》れさまありがとうって意味よ」

いつも本棚《ほんだな》の漫画《まんが》読ませてくれてありがとうのチョコはないのか？

ってか、おい、親父。なんだその絶妙《ぜつみょう》に腹立たしい顔は。そんな顔で俺を見るんじゃねぇ。惨《みじ》めになるわ。

「俺にはないのか、愛すべき妹よ」

妹は俺を一瞥《いちべつ》し、ハッと鼻で笑っただけだった。誰《だれ》に似たんだその性格の悪さは。

畜生《ちくしょう》め。

不毛だと悟《さと》った俺は次に照準を合わせる。

「おかん！　おかん？　俺にチョコは!?」

「愛すべき息子を糖尿病《とうにょうびょう》にするわけにはいかないのよ」

「ならねぇよ！」

「生活習慣病はそういった油断から生まれるのよ。気をつけなさい、愛すべき馬鹿《ばか》息子」

「親父の方が危ないだろ！」

「それよりも愛が上回っただけの話よ」

おい、親父。なんだその殴《なぐ》りたい面《つら》は。

そんな顔向けられたって微塵《みじん》も羨《うらや》ましくねぇわ畜生が。これからも夫婦仲良くやってろクソッタレ。

「あんたはこれで我慢《がまん》しなさい」

母親はほどよく焼けた食パンを皿に置いた。

甘《あま》いイチゴジャムがなぜか涙《なみだ》を誘《さそ》ってきた。甘い。甘酸《あまず》っぱい。

そして冒頭《ぼうとう》に至る。

◇

世の中狂《くる》ってやがる。声を大にして叫《さけ》びたい。

バレンタインってあれだろ？　女子が男子にチョコを渡す日だろ？　日本では。

なのになんで俺らより女子の方がチョコもらった数多いんだよ！

いと悲し。

誰か俺に心のエネルギーを補給してくれ。今日の俺はチョコでしか動かないのだ。

「無様だな」

休み時間。甘い匂い漂う教室にいられなくなった俺は、廊下《ろうか》の隅《すみ》に蹲《うずくま》るように腰《こし》を下ろし、死んだように時間を潰《つぶ》していた。

声をかけてきたのは隣のクラスの知り合いだ。中学の頃《ころ》からの知り合い。思い出話は共有できるが、あくまでも話だけで当時の気持ちまでは共有できない。こいつは俺の敵だ。

現に今、そいつはチョコの袋をいくつも抱《かか》えている。

「……クソ野郎《やろう》め」

「やろうか？」

「いるかボケ！」

そいつは進行方向に向いていた体勢を俺に向けたかと思うと、俺の隣に膝《ひざ》を折り曲げて座った。上半身と足の隙間《すきま》に抱えていたチョコの山をそっと置く。

そして、一番上の袋を開けて中のチョコをつまみ上げ、そのまま口に運ぶ。もらえていない俺に見せつけているのか、と卑屈《ひくつ》になりたいところだが、たぶん無頓着《むとんちゃく》なこいつのことだ。腹減ったぐらいしか考えていないだろう。

「……これ、本命じゃね？」

俺は奴《やつ》の山の中から、一番目を惹《ひ》くものを指さしながら尋《たず》ねる。

「そうか？　確かに『付き合ってみない？』と冗談《じょうだん》を言われたが」

「なんで冗談って分かんだよ」

「冗談だよと言われたからだ」

「……」

本命だと思《おぼ》しきものには、おかんが親父にあげたあの箱と同じプリントがされている。本命が手作りだとは限らないから値段で判断したのだが……相変わらず女子は何を考えているのか分からない。そして、たぶん無頓着なこいつは値段を気にせず、一口でぱくりと平らげてしまうのだろう。だとしたら報われないのはチョコ職人の方じゃないか。

「そういうお前はハイテンションなあの二人からはもらえなかったのか？」

ハイテンションな二人というのは我が家の女性陣《じん》二名のことである。この友人は俺の母親と妹を知っている。家に呼んだ際にもれなく知り合った。

ハイテンションなのはお前の面が良いせいだよ。どこの遺伝子が元凶《げんきょう》なのかは知らねーが、あの二人は面食いなところが見受けられる。

世は格差社会だ。

顔面偏差値《へんさち》がものを言うのだ。

「ただしイケメンに限る」のだ。

「ハッ。身内からもらって何が嬉しいんだよ」

「なるほど。ねだったりはしなかったわけだな」

「あったり前じゃボケ！」

「潔《いさぎよ》くていいな」

そいつは感心するように首を数回縦に振《ふ》った。

あぁ。もう後戻《あともど》りできない。

仕方ねぇだろ、見栄張りたくなるのが男の性なんだから。

別に妹と母親がくれたチョコをカウントしようとしたわけじゃねぇからな。

ほんとだぞ。神には誓《ちか》えないが、嘘《うそ》じゃないぞ。

「そうだ、『あいつ』には会ってないのか？」

と、指についたチョコをペロリと舐《な》め、俺を見ながら首を傾《かし》げる。

『あいつ』は律儀《りちぎ》で真面目で石頭だ。こういうときは渡す人の分以上に用意するだろう。予備として。
俺はふい、と顔を背《そむ》けた。
それに甘えて良いのなら、確かに一コは確実だ。
こういうと自惚《うぬぼ》れているみたいだが、でも不思議と確信できる。
『幼馴染《おさななじ》み』というのはそういうものなのだ。

だから。
たぶん。
『あいつ』は俺が一つももらえていないことを分かっているだろう。

そんな相手の前におずおずと顔を出すのは、しょうもないほど情けない。
って俺が引け目を感じているのも、たぶんバレてる。
なおさら行けるかよ。
今日という日は特に。

◇

「え？　あなたの分？　ないわよ」

無頓着な友人に引きずって連れてこられた挙げ句、浴びせられたのが以上の幼馴染みの一言である。

というか、ねーのかよ！

「もらえてないでしょうけど、用意してないわよ」

そんでもって、やっぱバレてんのかよ！

「そういうお情けでもらうの嫌《いや》がるだろうと思って」

「……」

もう、『さすが幼馴染み』の一言に尽《つ》きる。

年に数回しか話さない仲になってしまったが、疎遠《そえん》になっても気まずさも感じない。

あの口の悪い妹とは違《ちが》うけれど、でもこの相手も似たような立ち位置で俺を見てくれる数少ない人物だ。

「それに、去年いらねーよって突《つ》き返されちゃったしね」

「え。待って、俺そんなこと言った⁉」

「えぇ、言いました。言いましたとも。お恵《めぐ》みあげましょうか？　って聞いたら、『いるかボケ！』って言ったのは間違いなくあなたよ」

その口の悪さは誰に似たのかしら、と幼馴染みはわざとらしく首を傾げた。

疎遠になっても気まずさは感じない。その理由として挙げられるのは、彼女《かのじょ》の表情や仕草のひとつひとつで何を思っているのか分かるからだ。逆もしかり。

なのでもちろん分かりますとも。

彼女が怒《いか》り気味だってことぐらい。

子供の頃からいっつも笑った顔をしつつ、その実怒《おこ》ってるのだ。

腹を立てた女性を前に、男ができることはただ一つ。

「すいませんでした！」

ひたすら謝罪するのみである。俺は四の五の言わずに頭を下げた。

数秒の間沈黙《ちんもく》が続き、先に動いたのは俺でも幼馴染みでもなかった。

「……お前が俺にくれた分、お前さえよければこいつに渡してもいいだろうか」

相変わらずチョコを抱えたままのそいつがそう言うと、間髪《かんぱつ》を容《い》れずに「いいのよ」と幼馴染みが止める。

「それに、もともと私のものだったとは言え、あなたからもらうのはこいつのプライドに障るでしょうし」

俺はそのままの体勢で何も言わずに固まる。

「というか、義理ばっかり毎年集めて……その、虚《むな》しくないの?」

とどめの一撃《いちげき》である。根が優しいだけあり、その声色は妙に気遣《きづか》うようなところがあって尚のこと居たたまれない。

「じゃあ本命くれよ!」

俺はがばっと顔を上げた。もはや逆ギレともとれる俺の言い分に、彼女は心底訝《いぶか》しげな表情で眉《まゆ》をひそめ、心外そうに言う。

「えぇ？　私の本命が欲しいの？」

「いらねぇよ！」

「でしょう？」

私もあげたくないし、という一言がなぜか胸に刺《さ》さる。

女子の親しい人物が居ない身としては、まるで女性陣を代表した俺への評価みたいだ。

俺を連れてきた無頓着な友人は、相変わらずチョコをつまみながら呆《あき》れるように肩《かた》を竦《すく》めた。


幼馴染みの顰《しか》めた顔を見ていると、俺はふと気づかされた。


前までは問答無用でねだったこともあるが、もうそれも失礼なのかもしれない。

家が近いせいか、互《たが》いに親しい親同士の繋《つな》がりで相手の事情やら状況《じょうきょう》をなんとなく知っていたが、さすがに彼氏《かれし》云々《うんぬん》彼女云々の話はその繋がりで知ることはない。

真面目で石頭のこの幼馴染みが誰かに好意を抱《いだ》くなんて、ずっと知ってる俺からすればもはやありえないぐらいの話だけれど、でもあってもなんらおかしくない話だ。

逆に厳しくも面倒見《めんどうみ》が良いこいつに誰かが好意を抱き、なし崩《くず》し的にということもあるかもしれない。

そしたら、こいつは他の誰でもないその相手に本命を渡すことになるんだろう。もしかしたら俺が知らないだけで、もうそういう相手が居るのかもしれない。まだまだ年端《としは》もいかないお子様だけど、もうそれがありえなくない年になってしまったらしい。

この幼馴染みは良い奴だ。それに気づく奴はいっぱい居るだろうし、それに惹かれる奴も居るだろう。

律儀で、親切で、丁寧《ていねい》で、温かくて、気が強くて、少し人見知りして、かっこつけで、繊細《せんさい》で、負けず嫌《ぎら》いで、甘え下手で、変なとこ根に持って、変なとこで子供っぽくて、変なとこで意地っ張りで、でも包み込《こ》む深い優しさがあって。こんな良い奴だって、いい女だって、誰よりもこいつのことを理解してるのは、俺ぐらいしか居ないだろうに。

幼馴染みに愛称《あいしょう》を呼ばれ、俺は我に返る。

「どうかしたの?」

「……いや、なんでもない。押《お》しかけて悪かった」

俺は手短にそう言って、無頓着な友人を引っ張りつつ彼女のもとを去ることにした。

今日という日はもともと嫌いだったけど……なんだかな。

変なことを気づかせた今日は特に嫌いだ。

［ 5分後に切ないラスト ］

Hand picked 5 minute short,
Literary gems to move and inspire you

ブルーアワーの向こうに

糸原

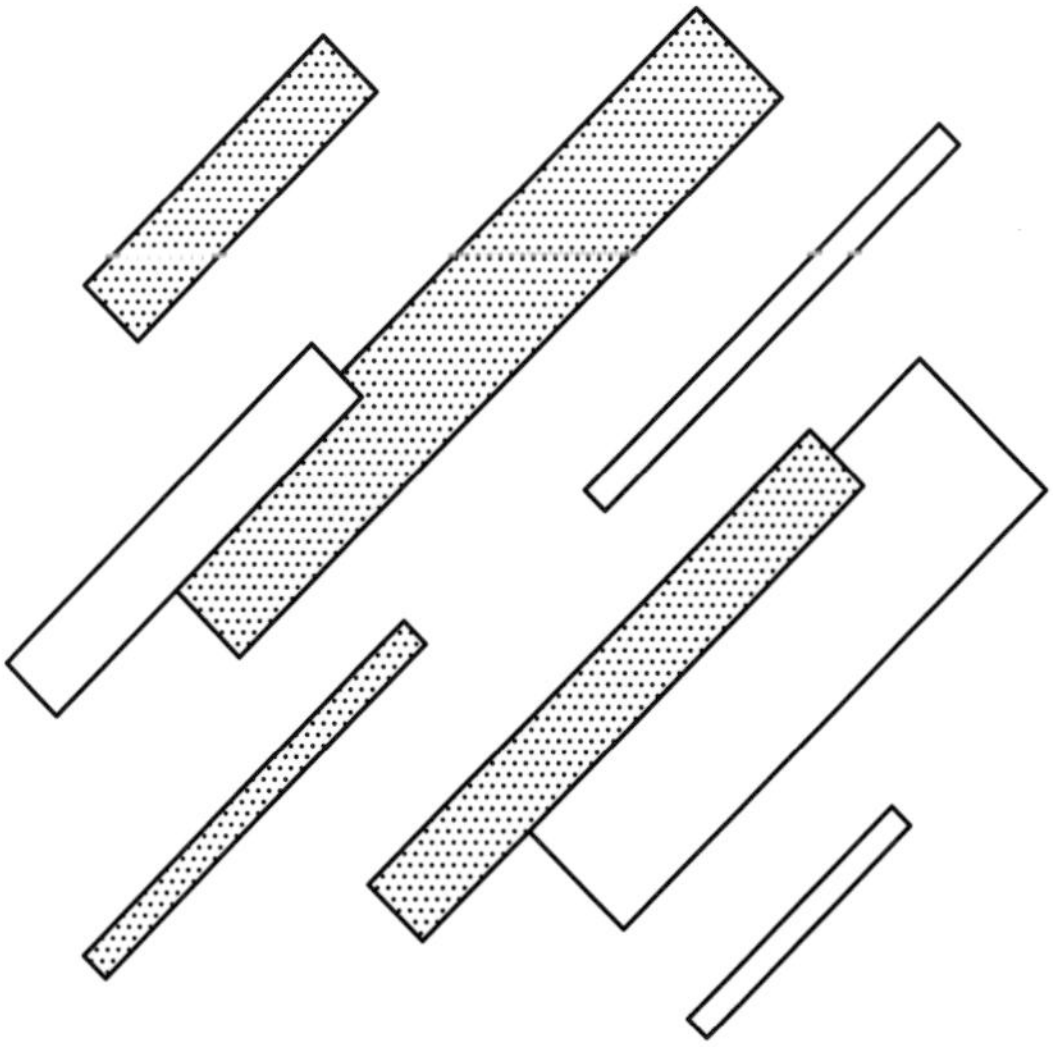

1　ある晴れた日に

絶対に見つからないものを探して、毎日を繋《つな》ぎとめている。

波の音が目覚まし時計の代わりになってから、もう何年になるだろう。揺蕩《たゆた》うおだやかなリズムは一日の晴天を約束しているようだ。

ゆっくり目を開けると、蚊帳《かや》越《ご》しにいつまで経っても見慣れない異国の天井《てんじょう》が見える。

蚊帳をすり抜《ぬ》けサンダルを履《は》き、籐《とう》の椅子《いす》に掛《か》けてあったTシャツを着ると、永《なが》原《はら》は自宅を兼《か》ねた診療所《しんりょうじょ》を出て隣接《りんせつ》するビーチハウスに向かった。

「ドクター、おはよう」

ジャヤンサの人懐《ひとなつ》っこい笑顔が、いつもと変わらない朝の始まりを告げた。

誰《だれ》もいない二十坪《つぼ》くらいのフロアにラジオのニュースが響《ひび》いている。あと十分ほどで迎《むか》える日の出を今日も貸し切りにできそうだ。

「いつもの。ストリングホッパー少なめでお願い」

カウンターのハイスツールに座って朝食をオーダーすると、スリランカ・タミル人が「Ｙｅｓ」を表す仕草、顔を横に振《ふ》ってジャヤンサが準備を始めた。

《……金を盗《ぬす》まれたと狂言《きょうげん》を演じ、宿泊代《しゅくはくだい》不払《ふばら》いで立ち去る事案が発生しています……続いて、国際ニュースを……》

「ドクター、顔くらい洗って来なよ。二枚目が台なしだ」

「どうせ潜《もぐ》るからいいんだよ」

毎朝二時間ほど海に潜り、その後は診療をする。昼食を摂《と》り、何もなければ四時には診察を終えまた海に戻《もど》る。寄せては返す波のように淡々《たんたん》と続く日々に逆らわずに生きている。

あの日を境に、永原は海から離《はな》れることができない。

かつては名うての心臓血管外科医だった。もう十年近く前線でオペをしていないから、古巣の病院では使い物にならないだろう。それでもこの地では余るほどの腕《うで》を永原は持っている。

《……スマトラ島沖地震《おきじしん》で行方不明になっていた少女、ワティさんが十年ぶりに発見され、家族の下へ帰りました。DNA判定の結果……》

「夢物語だ」と独り言のように呟《つぶや》いて、ジャヤンサがラジオを切った。

急に静かになったフロアに波の音がこだましている。

「紅茶は？　ミルク今日はどうする？」

質問と同時に朝食の皿が目の前に置かれた。

「入れて。……これ、少なめか？」

「医者は体力勝負だろ。ちゃんと食べなきゃダメだ」

こういう時、ジャヤンサはどう言っても引かない。

浅黒い肌《はだ》に凛《りん》とした大きな瞳《ひとみ》は印象的だ。そこから伝わってくる意思は強く、反論する気を削《そ》がれた。

小さく礼を言い、皿の上でストリングホッパーとサンバルを混ぜる。米粉の麵《めん》にココナッツがよく絡《から》み合い、玉ねぎと香辛料《こうしんりょう》の角のない辛味《からみ》が鼻を抜けた。

「美味い。朝はこれだな」

カウンター越しにジャヤンサが笑ったのが、その背中で分かった。

時折無性に白米と味噌汁《みそしる》を口にしたくなる朝もあるが、スリランカの食事は不思議と飽《あ》きがこない。そういう永原を、村の人々は「いい味覚を持っている」と嬉《うれ》しそうに褒《ほ》めるのだ。

食事を半分ほど胃に入れたところでブルーアワーが終わり、日の出が始まった。

「なぁ、ジャヤンサ。海は何色だ？」

「深い瑠璃《るり》色《いろ》だよ、ドクター」

またその質問か、と半ば呆《あき》れながらもジャヤンサは丁寧《ていねい》に答えた。

「ドクターには海が赤色にでも見えてんのかい？」

「『出エジプト記』か」

ダイバーズウォッチを眺《なが》めたまま永原は静かに笑った。

十の災いを恐《おそ》れるものは幸いだ。その人たちは光の中にいるのだろう。

ミルクティーを飲みながら、東の空を見守った。

二十分も経つと遷《うつ》ろっていた空気が固定し、「日常」が行き届いていく。

なぜ自分がこれほどまでにブルーアワーに惹《ひ》かれ、特別な時間と感じているのか理由は分からないし、きっと知る必要もないのだろう。

七時前になると一組の宿泊客がフロアに降りてきた。

実質上の首都であるコロンボから車で八時間以上かかるこの地を訪れる外国人は、ほぼサーファーだ。とはいうものの十二月の今、東海岸はオフシーズンで大抵《たいてい》の客は西海岸へ流れ移っている。この寂《さび》れた村で彼らが何をしているのか永原には見当も付かないのだが、詮索《せんさく》したりはしない。

彼らに給仕される皿には、ベーグルやハンバーガーといった軽食が載《の》っていた。

メニューにはスリランカの料理も載っているのだが、トライする外国人はあまりいないようだ。

腹を下してもここに医者がいるから大丈夫《だいじょうぶ》ですよ、と軽口を叩《たた》きたい衝動《しょうどう》に駆《か》られる時もあるが、本当に体調を崩《くず》されたらマッチポンプ商法のようでバツが悪いので黙《だま》っている。

「今日も受付よろしくね」

食器を洗っているジャヤンサに声をかけ、ビーチハウスの裏口から表へ出た。

急患《きゅうかん》が来た場合、店の外の回転灯を光らせて知らせてくれる手筈《てはず》になっている。

しかし、永原が赤い点滅《てんめつ》によって急患の知らせに気付いたことは一度もなかった。

その横で必死に手を振っているジャヤンサの姿でいつも急報を知るのだ。

回転灯を懸命《けんめい》につけてくれた村人達の姿が浮《う》かんで、無用の長物だということは黙っている。

岩場を下り桟橋《さんばし》の端《はし》まで歩き、そこでTシャツとサンダルを脱《ぬ》いで思いっきりダイブする。

海の底へ沈《しず》んでいくわずかな時間だけが生きていると実感できる。

自分の鼓動音《こどう》に包まれてゆらゆらと揺《ゆ》れる光を眺めていると、過去も未来も消失して、今だけが永続していくように思える。自分の存在さえも希薄になり、元素に回帰して海との境界がなくなる感覚に陥《おちい》る頃《ころ》、息が苦しくなる。歓《よろこ》びよりも苦しみによって生を実感できるのは人の本能だろうか。それとも家族を喪《うしな》った自分の性だろうか。

生きていくことになんの意味があるのかと自棄《やけ》になった時も、この海は変わらなかった。自分のすべてを受け入れているのか、拒絶《きょぜつ》しているのか、どちらでもないのか分からなかったが、ただ目の前に広がっていた。

陸へ戻る時間が近づき、最後の一潜りをしようとした時、ビーチハウスのウッドデッキで必死に手を振っているジャヤンサが目に留まった。

人の一生懸命な姿というものは力強く、そしてどこか滑稽《こっけい》だ。横で虚《むな》しく点灯している回転灯がその滑稽さを助長していて思わず口元が緩《ゆる》んでしまう。

目が合うとジャヤンサは腹をしきりに指した。急患は盲腸《もうちょう》か赤痢か、そんなところだろう。

「急いで！」

「いそいでいるよ」

焦《あせ》っている人にいくら「落ち着いて」と言っても無駄《むだ》だ。わざとゆっくりと答え、ジャヤンサに渡《わた》されたタオルで身体を拭《ふ》いた。

「サジャンとラワディーは？」

「もう待機してる。なにやってんの、急いでって」

看護師の二人には時間厳守を辛抱《しんぼう》強く指導していた。最近は繰《く》り返し注意することが減り、礼を述べることの方が多い。第一線にいる時は気付きようもなかったが、自分は人に物を教えるのが上手いのかもしれない。

診察室に入ると十歳《さい》くらいの男の子が腹を抱《かか》えて診察台で丸まっていた。付き添《そ》っている兄が心配そうに背中をさすってやっている。表情を一目見て、赤痢ではないと直感した。

ラワディーが作成してくれていたカルテに目を通し、氏名、年齢《ねんれい》、いつからどのようにどこが痛むのか、昨日口にした物、等の情報を頭に入れ、触診《しょくしん》を始める。

独特の張り、痛む場所、手を当てた時よりも離した時により痛がる症状《しょうじょう》等、急性虫垂炎《ちゅうすいえん》の症状がはっきりと出ていた。

「アッペだ。念のため血液検査もして」

看護師のラワディーに伝え、サジャンには手術の準備を指示した。

「痛いよな。すぐ良くなるからもう少しの辛抱だぞ」

子どもの頭を撫《な》でると、後ろから「センセイ、シャワーを浴びてきてください」というラワディーの声が飛んできた。検査の間に急いで身体を流すことにした。

(十三歳か……)

生きていれば同じ歳《とし》だ。兄もちょうど長男と同じくらいの歳だろう。

お湯が出ないシャワーを浴びながら、ふっと過去に意識が飛びそうになった。

街中で子どもを目で追うことはもうなくなったが、目の前に患者《かんじゃ》として対峙《たいじ》すれば、自分の子どものことを考えずにはいられない。

一緒《いっしょ》に過ごした時間よりも、いなくなってからの時間の方がずっと長くなってしまった。寂《さび》しさも悼《いた》みも通り越《こ》してしまった今、自分はどこに立っているのだろう。

医者として目の前の患者を診《み》る。それだけだ。それ以上でも以下でもない。赤の他人を助ける理由など、考えてはいけない。目の前に運ばれた脆《もろ》い命を繋ぎ止めて返す。絶え間なく寄せては返す波と同じだ。

すべての想いをシャワーで流して永原は手術室へ向かった。

2　ある雨の日曜日に

「ドクター、今日は海に出ちゃいけねぇ」

曇天《どんてん》の重たい空が広い海原に蓋《ふた》をしていて、水面はすでに荒《あ》れていた。

ただでさえ、地元の人間はこの海に用もなく入ろうとしない。スマトラ沖地震から十年経った今でも「連れていかれる」と真顔で話す人が多い。海に入るのは呑気《のんき》な観光客と、生活の懸《か》かった漁師だけだ。

連れていってくれるならそうして欲しい、と永原は何度も願いながら漂《ただよ》ったが叶《かな》うことはなかった。

「どうしても入るっていうなら、引きずってでも止めるぜ?」

「きみ、泳げないだろ」

「関係ないね」

小さなため息が漏《も》れた。

「溺《おぼ》れさせる訳にはいかないな」

ジャヤンサの安堵《あんど》の表情は、心の奥《おく》の何かを揺らした。

「医者でよかったよ」

揺れる何かを抑《おさ》え込《こ》むようにわざと棘《とげ》を口から放った。

「……カツミが医者じゃなくても止める」

建て付けの悪い窓枠《まどわく》が時々不安定な音を発し、激しい波の音が間近に聞こえてくる。海のただ中にいるかのようで遠近感が徐々《じょじょ》に狂《くる》っていく。

「日本人は最初に助けに来てくれた」

何度も聞いたフレーズだった。その後に台詞がどう続くのかも知っている。この言葉を引き出すためにシャットアウトした訳ではなかったのに、と言葉を当て付けたことを反省した。

「支援《しえん》が西海岸に集中している中、内戦中のこの地に真っ先に駆け付けてくれたのは、日本人だった。あの時のことを俺達は絶対に忘れない。けどな、カツミが日本人じゃなくても俺は止めるよ」

「分かってるよ……ごめん」

ありがとう、という気持ちが溢《あふ》れたがどうしても音にはできなかった。


スマトラ島沖地震で、スリランカでは三万五千人以上が亡くなり、五千人以上が行方不明のままだ。その五千人の中に永原の妻と二人の息子がいる。

千六百キロメートル彼方《かなた》で起きた地震は、スリランカを大きく揺らすことはなかったが、二時間後に津波《つなみ》は届いた。第一波が押《お》し波のエリアでは不意打ちで多くの人が亡くなり、引き波のエリアでもその知識がなかったため同様に被害《ひがい》が出た。

あの日、永原は体調を崩したツアー客に付き添って街の病院まで行った。妻と子ども達は海辺を散歩して待っていると笑って見送ってくれた。

それが最後だった。

永原が村に戻った時、何もかもが押し流され、広大な地域が海に沈んでいた。今もサーフポイントに「工場」とか「畑」とついた場所があるが、それはその名残だ。津波が来る前は畑だった場所が名スポットとなり、多くのサーファーを楽しませている。

そこで楽しむ人たちを悪いとは思わない。時間とはそういうものなのだ。

永原自身も、いつの間にか腹が空くことに罪悪感を覚えなくなり、食事を美味しいと思うようになった。そして、毎日訪れる日常を受け入れている。

時間とは慈《いつく》しみ深く残酷《ざんこく》なものなのだ。

「……海に入らないと、手持ち無沙汰《ぶさた》だ」

日々を繋ぐために海に入っている。

絶対に見つかるはずのないものを探すことで毎日をやりすごしている。

診療もない日曜日に、どう過ごせばよいのか分からなかった。

「ぼーっとしてりゃいいじゃないか。日本人はそんな簡単なことができないのか?」

「そりゃ、夢の中で夢を見ろって言ってるようなもんだ」

自嘲《じちょう》するような乾《かわ》いた笑いがもれた。

ミルクティーを一口飲む。コクのようなとろみのある紅茶でほっとするようにいつの間にかなっていた。外の轟音《ごうおん》もなぜか心を鎮《しず》めてくれた。

会話もなくぼうっと外を眺めていると、騒《さわ》がしい異音がゆったりとした空気に乱入した。

宿泊客の外国人が二人、怒鳴《どな》りながらフロアに入ってきたのだ。一人は背が高く、もう一人は低い。見た目で判断してはいけないが、アングロサクソン系の顔付きで、コックニー訛《なま》りの英語を使っている。ロンドン出身者かオーストラリア人だろう。

「金がなくなった」

背の高い方が荒《あら》っぽく発した。永原は肘《ひじ》をついて黙って視線を外へ戻した。

「部屋の金庫はお使いにならなかったんですか」

「……あんた、俺が悪いって言いてぇのか？」

感情的な言葉と、ジャヤンサの冷静な言葉の嚙《か》み合わない応酬《おうしゅう》が続いた。

宿泊客はこの二人の他にもう一組カップルがいるだけだ。凹凸《でこぼこ》コンビはジャヤンサを疑っているようだった。

陸では色んな邪念《じゃねん》が飛び交っている。急に恋《こい》しくなった海は、我関せずと窓外で荒れている。

「いくら失くなったんですか」

結論の出ないであろう応酬に永原は割って入った。

「八百ドルだ」

静かな笑みがこぼれた。

「何がおかしい」

恰幅《かっぷく》の良い長身の男にすごまれたが、恐怖心《きょうふしん》などとうに海に置いてきている。笑いが止まらずに真っすぐに男を見据《みす》えた。

「この人はね、十年間私にただ飯を食わせてるんですよ。いくら金を払うといっても受け取らない」

二人の男が見合い、少したじろいだ。殴《なぐ》られることはなさそうだ。

「十年間です。八百ドルの何十倍のお金を受け取らずにいるか、お分かりですか？　そんな人が客の物に手を出すなんて考えられません」

ジャヤンサが俯《うつむ》いた。

「ありえないんです」

「……あんたらグルか」

「違《ちが》う！　ドクターは、すげぇ腕の持ち主なんだ。アメリカで手術すれば一時間で何百万も稼《かせ》げるんだ。せこい小遣《こづか》い稼ぎなんてするはずないだろ！」

ジャヤンサに自分の経歴について話したことは一度もなかった。彼はどうやって知ったのかという疑問が湧《わ》いたが、それを追及《ついきゅう》する状況《じょうきょう》ではなかった。

「グル、ね。それはこちらの台詞ですよ。気の済むまで家探《やさが》しなさったらどうです？　それでも見つからなければ、警察に届けたらよい」

「そういう問題じゃない」

「ならば、私が払いましょうか？　十年分の食費をお布施《ふせ》すると思えばなんということはない。私はそれで構いませんよ?」

二人の男を見つめたまま、腹に蠢《うごめ》いている感情の正体を探った。

(ああ、怒《いか》りだ……)

緊迫《きんぱく》した状況なのに、怒りとはどこから来るのか、人はなぜ怒《おこ》るのかという疑問が頭の半分以上を占《し》め、ほぼ他人事のようにこの情景を俯瞰《ふかん》でみている自分に気付いた。

自分にも怒りという感情が残っていたのかと驚《おどろ》いていると、高い方が舌打ちをし、低い方がチェックアウトだといって金を精算して出て行った。

カウンターで下を向いたまま、ジャヤンサが肩《かた》を震《ふる》わせている。

「なんだよ」

「ドクター、その顔ですました英語でタンカ切ったのかよ。顔洗って来なよ」

こらえきれずに噴《ふ》き出したジャヤンサは、屈託《くったく》のない空気を纏《まと》っていた。

「海に入ろうと思ってたんだよ。きみが止めたんだろ」

目元を掃《はら》いながら紅茶のお代わりを頼《たの》むと、いつものように頭を横に振ってこたえてくれた。

3　ある晴れた日に、もう一度

桜の葉が風になびくたびに、池の水面を撫でている。

(どんな言葉を刻んだんだ？)

華奢《きやしや》な指を手繰《たぐ》り寄せ、見えるはずもないのに指輪を覗《のぞ》き込んだ。

白くきめの細かい肌にイエローゴールドが美しく映え、陽の光を反射させて輝《かがや》いていた。

――ナイショよ。

――あなたはこの指輪の刻字を絶対に見られないのよ。私が先に死なない限りね。

膨《ふく》らみを帯びた腹を愛おしそうにさすりながら妻は笑った。

風がそよぎ、桜の葉が揺れて水面に触《ふ》れた時、池の底で何かが光った。

「指輪だ！」と思った瞬間《しゆんかん》、水底は見慣れない異国の天井になった。

大きく深呼吸した。

夢を見ている時から、これは夢だと分かっていた。それなのになぜ、途中《とちゅう》で起きてしまったのだろうか。どうせなら指輪を拾って、内側の刻字を読んでから目を覚ませばよいものを。

夢の中でさえご都合主義になれない自分の不器用さに永原は苦笑した。

重い身体をゆっくり起こし、サンダルを履きTシャツを着てもう一度深呼吸をする。

振り返ってベッドを眺めると、もぬけの殻《から》のように寂しさが横たわっていた。何度繰り返しても、こんな朝は遣《や》り切れない。

朝食を摂る気にはなれなかったが、直接海へ行けばジャヤンサが「ドクターが失《しっ》踪《そう》した！」と村人を招集して大捜索《だいそうさく》を始めかねない。顔だけ出そうと永原はビーチハウスへ向かった。

フロアのドアを勢いよく開けると、カウンターに珍《めずら》しく先客が座っている。

ジャヤンサの従弟のハサンは、サーフィンがシーズンになるとこのハウスに常《じょう》駐《ちゅう》するが、基本は市場で肉を売っている。もったりとした体格が特徴《とくちょう》的で、伝統衣装のサリがよく似合っている。

振り向かなくても彼だと分かった。

「ドクターは今日行くの?」

人懐っこい笑顔でハサンが尋ねた。

「いや、俺は行かないよ」

「ほら、言ったろ」という顔をジャヤンサがハサンに向けた。

スマトラ沖地震からちょうど十年経った今日、スリランカ各地で追悼式《ついとうしき》が行われる。

ハサンの姿を見るまでそのことを忘れていた。

「ジャヤンサは行くのか? それなら店番するぞ」

大きく凜とした目をゆっくりと閉じて、彼は「行かない」と答えた。

ジャヤンサも家族と多くの友人を喪った。わざわざ式に参列するまでもなく、毎日否応なく悼む心と向き合ってきたのだ。追悼式を否定する気は全くないが、行かないという気持ちも分かる。

「……俺、今日は後で朝飯食うわ。ハサン、運転気をつけてな」

ハウスの表側の傾斜《けいしゃ》を下り、そのまま入り江《え》に飛び込んでぷかりと浮かんだ。濃藍色《のうらんしょく》から水縹色《みはなだいろ》に見事なグラデーションを描《えが》いた空が視界いっぱいに広がっている。

この十年間、腑抜《ふぬ》けて生きてきた訳ではない。自棄になった時もあったが、長くは続かなかった。どんな状況になっても命と向き合っている。結局、自分は根っからの医者なのだと半ば諦《あきら》めた。

ここにずっといることが「正解」なのか分からない。それでも、元の生活に戻ることが――最先端《さいせんたん》の設備を使って一回の手術で何百万、何千万という対価を得て論文を書く人生が――「正解」だとは到底《とうてい》思えないのだ。そういう生活は、この海から最も遠く離れたところにある気がする。

遠くからイスラムの礼拝を呼びかけるアザーンが流れてきた。

今日もまた、陽は昇《のぼ》る。

この揺蕩うリズム、この循環《じゅんかん》を断ち切るには、何かが必要なのだろう。

十年経った。十年。

もう、十分だ。海に籠るのはもう止めよう。今日が最後だ、そう思った時だった。

まだ半分も昇っていない太陽の光を受けて、栈橋で何かが不自然に反射した。

プルタブかガラス片だろうか。先月も、割れた瓶《びん》を踏《ふ》んだ子どもが担ぎ込まれたばかりだった。ため息をついて栈橋の方へ泳いでいる間、何度かチカリチカリと手招きするように光った。

光った場所をざっと見たが何もない。辺りはまだ薄暗《うすぐら》く、永原は自分が裸足《はだし》であることに少し警戒心《けいかいしん》を抱《いだ》いた。

視界の隅《すみ》の瞬《また》きを逃《のが》さなかった。

杭《くい》と桟橋の隙間《すきま》にそれはめり込んでいた。

（ありえない。ここは何度も見た。昨日までは何もなかった……！）

夢の中で思うように身体を動かせないように、脚《あし》がもつれて上手く歩けない。鼓動ばかりが速くなっていった。

目を覚ますな、手に取るまでは、と何度も言い聞かせながら恐る恐る手を伸《の》ばした。

――子ども達より、あなたの方が心配だわ。

――私が先に逝《い》けば読めるわ。

“vive pulchre”

そう刻まれていた。

妻の指輪を強く握《にぎ》りしめた。何も申し合わせなかったのに、自分の指輪の刻字と呼応するかのような言葉だった。桟橋の上にぽたりぽたりと水粒《みつぼ》が落ちた。

右の拳《こぶし》で顔を拭《ぬぐ》い、左の手をもう一度開いた。

手にしたはずの指輪は消えていた。

確かに自分は指輪を摑《つか》んだ。硬《かた》く冷ややかな質感もまだ指先に残っている。夢でも妄想《もうそう》でも、気がおかしくなった訳でもない。狂ってなどいない。

狂ってなど、いない。

この手で確かに握り締めたのだから。

脳裏には「美しく生きて」という刻字が鮮明《せんめい》に焼き付いている。

「ふ……………」

日差しに背を向け、ビーチハウスをめがけて走った。見慣れたはずの景色が知らない場所のように映った。

いつものようにジャヤンサが仕込みをしている、いつもの変わらない朝、頭上を吹《ふ》き抜けた一瞬の神変が、今この瞬間の自分の存在を支えている。

「ジャヤンサ、海は何色だ?」

「……今日も綺麗《きれい》な青い色だよ、ドクター」

勢いよく頷《うなず》いた。初めて、この海の美しさを肯定《こうてい》できた。

「ああ、本当に綺麗な瑠璃色だ」

カウンターの中で、寂しそうに俯いてジャヤンサが静かに笑った。

「日本に帰るのかい?」

「……そうだな。後任の依頼《いらい》を出すよ」

帰った後どうするのかなんて、永原には分からなかった。

未来のことなど頭にはなかった。

この瞬間を美しく生きよう。

半歩ずつでも前に進み、あるいは後ずさり、毎朝目覚めた時、昨日とは何かが違う自分でいたい、そう強く願った。

「朝飯食うんだろ？　準備しとくから、シャワー浴びてきなよ」

ビーチハウスから診療所へ向かう一歩ごとに、自分の中の澱《おり》みたいな何かがはがれ落ちていった。

太陽は完全に昇り、目の前には日常がまぶしくたなびいていた。

［ 5分後に切ないラスト ］

Hand picked 5 minute short,
literary gems to move and inspire you

トゥインクルリトルスター

月莉マ

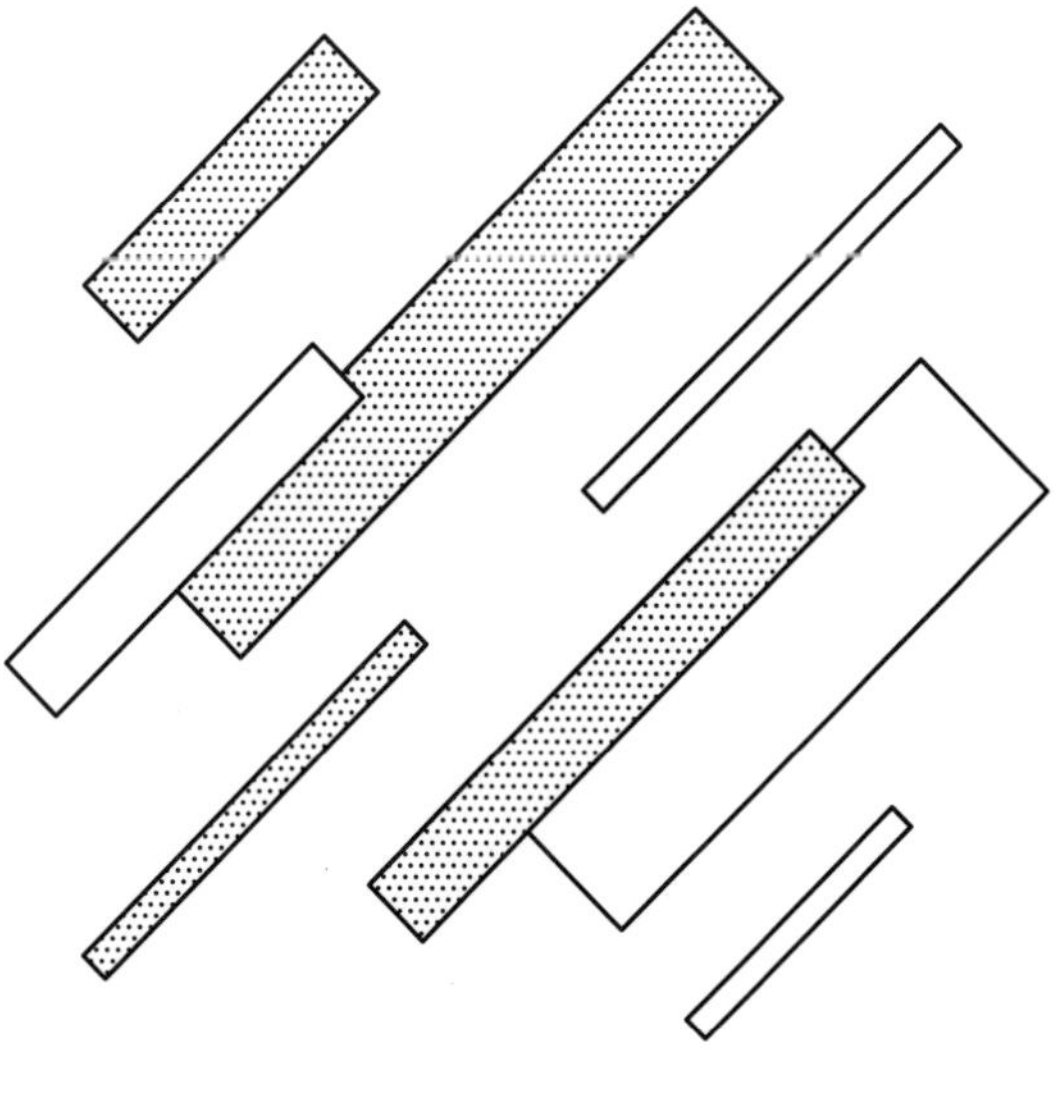

部室の扉《とびら》は上半分が半透明《はんとうめい》ガラスになっている。野球部と書かれたプレートが貼《は》り付けられたガラスの向こう、ぼんやりとふたつの人影《ひとかげ》が並んで見えた。

「今年もチョコ配んの？」

「うん。明高《めいこう》野球部の伝統だもん」

「俺には？」

「ちゃんと別で用意するよ……」

「やった」

プレハブ小屋のアルミサッシはふたりの秘めやかなやり取りさえも筒抜《つつぬ》けにする。

中にいるのは明高でミスコンをすれば優勝間違いなしと言われている、マネージャーの橋口《はしぐち》カナ。それから野球部キャプテンでエースの辻堂翔平《つじどうしょうへい》だ。

自転車置き場まで行ってからイヤホンがないことに気づいて戻《もど》ってきたのだが、とても入れる雰囲気《ふんいき》じゃない。会話を止めたふたりのシルエットが重なり合ったきり動かなくなってしまった。

気づかないふりで思い切って扉を開けるか、それとも今日はイヤホンなしで帰るか……星の瞬《またた》く空を仰《あお》ぎながら懊悩《おうのう》していたその時だ。

後ろから肘《ひじ》をぐっと引かれた。思わず出そうになった声をなんとか堪《こら》えて振《ふ》り返ると険しい顔をした志保《しほ》が立っている。

ぐいぐい腕《うで》を引かれるままついて行くと、志保は用具置き場の壁《かべ》にもたれるようにしてしゃがんだ。俺もなんとなくその隣《となり》へと腰《こし》を下ろす。

「覗《のぞ》きとかやめなよ」

「いや、違《ちが》うって！」

どうだかといった顔で志保が俺を睨《にら》んだ。シャープな顔立ちの志保がそんな顔をすると本当に迫力《はくりょく》がある。

「……ふられたんだし」

「分かってる！　ってか、マジ誤解だからな。忘れ物取りに戻ったら入れない雰囲気だったってだけで、覗きとかじゃないから」

ふられたとか一年も前のことを持ち出すなよとぼやけば、志保は「まだ好きなくせに」と返す。

「別に嫌《きら》いになる必要ないし。ってか、かわいくって癒《いや》しなんだからいいだろ……そんくらい」

俺は一年前にカナに告白して断られている。そして数日後のバレンタインにカナは自分から告って翔平と付き合うようになった。

部活中は親しげなそぶりを一切見せないが、翔平は部活帰り必ずカナを家まで送っていく。ふたりの関係がうまくいっていることは疑いようもない。そしてさっきもきっと。

「ちゅーしてたよな」

「キモっ。そういうこと言うの最低だからね」

「へーへーすいません」

志保はちょいぽちゃで癒し系なカナと真逆で、モデルばりのガリガリ体型にキツめの顔立ちをしている。

猫《ねこ》っぽい目に迫力があるし、はっきり言って美人だが、俺はおっとりして笑顔の可愛いカナのほうが好みだ。

大所帯の野球部にはこの対照的なふたりのほか、三人の一年生マネージャーがいる。

「志保こそなにしに戻ってきたわけ?」

「私もちょっと用事があったから」

志保もすでに帰り支度を整えていた。フードつきのコートを着込《きこ》み、俺の隣で膝《ひざ》を抱《かか》えるようにして座り込んでいる。その裾《すそ》から伸《の》びる真っ白な太ももが目に入り、慌《あわ》てて目を逸《そ》らした。

部活中ジャージに覆《おお》われている肌《はだ》は、月明かりで青白く光って見える。思春期の男にとってそれは目の毒でしかない。俺の好みからしたらもう少し肉付きが欲しいところだが、滑《なめ》らかそうなその肌に勝手に胸が騒《さわ》ぐ。

「帰ろっか」

しばらく沈黙《ちんもく》が続いた後で、プレハブ小屋の明かりが消えないのを確かめた志保が言う。プリーツスカートの裾から見える細い腿《もも》をもう一度チラ見した俺は、ただ一言「うん」と返すのに声を掠《かす》れさせてしまった。

＊

部室の前を通らないよう少しだけ遠回りし、自転車置き場に向かう。志保はバス通学だが、俺は片道十五分の自転車通学だった。

着替《きが》えなんかを詰《つ》め込んだ大きめのビニールバッグを籠《かご》に載《の》せ自転車に跨《また》がると、志保の歩調に合わせて地面を蹴《け》る。

「遅《おそ》くなるし、先帰れば？」

「だって、危ないじゃん」

いつもより遅くなったせいで、野球部員たちも帰ってしまっている。片づけの関係で一番遅くなるのは野球部だったから、見渡《みわた》す限り他の生徒の姿はなかった。

「けど」

「じゃあ、二人乗りする？」

「え？」

「遅くなったし」

名案だと思って提案するが、志保は猫のような大きな目を曇《くも》らせる。

「見つかったら怒《おこ》られるよ」

「暗いし大丈夫《だいじょうぶ》だって。あそこの角まででいいから。女子を後ろに乗せて二人乗りとか、青春って感じで憧《あこが》れるじゃん。俺、おっさんになっても爺《じい》さんになっても一生おぼえてる自信ある」

な、な？　と促《うなが》すと志保はきゅっと唇《くちびる》を噛《か》みしめて頷《うなず》いた。ズルとか曲がったことが嫌いな志保だから嫌々《いやいや》だったかもしれない。それでも友達を乗せる時用にとバッグに忍《しの》ばせていたハブステップを取り付けると、志保はすらりと伸びた足を乗せて立つ。

俺の肩《かた》に摑《つか》まっているが、漕《こ》ぎだしてもなおそこに居るのか不安なほど軽い。

「志保、軽すぎ」

「……カナと比べないで」

「そんなこと言ってねーし」

悪く言ったつもりなんて微塵《みじん》もないのに、志保の声が弱々しくて不安になる。

「もしかして怖《こわ》い？　停める？」

「別に……けど、ほんと見つかるよ」

約束の角はとっくに過ぎている。このままバス乗り場まで送っていってもいいとすら思っていたが、やはり志保はルール違反《いはん》を気にしていたようだ。自転車を停めると、ひらり、志保は軽やかに道路へと降りた。

「……カナたち別れないと思うよ」

「そんなこと期待してねーし。奪《うば》えるとか付き合えるとか思ってない。けど、顔見たら可愛いなーって思うじゃん。笑顔見たらラッキーって思うじゃん。そればっかりは止められるもんじゃねーし……ってか、そんな俺未練がましい？　格好悪い？」

近くに街灯がないせいで、黙《だま》っている志保の顔は不機嫌《ふきげん》そうに見えた。

もしかして彼氏《かれし》いる子のことを変わらず好きでいるってことは、女子からしたら怖いことなのだろうか。俺から視線を逸らした志保は口を開きかけるが、何かを躊躇《ためら》いまた噤《つぐ》んでしまう。

それが応えた。格好悪いと分かっていながらも横恋慕《よこれんぼ》状態を続けてきたが、周りの人間にまで不快感を与《あた》えているとしたら大問題だ。さばけたところのある志保が言い出せないことでその深刻さが浮《う》き彫《ぼ》りになる。

「分かった。もう止める……よう頑張《がんば》る。俺はそんな気ないって言ってでもカナも翔平もいい気しないだろうし、そんなんで部の雰囲気悪くするのも嫌だし、志保に心配されんのも嫌だから、もう止める」

「……心配じゃないよ」

「まあ、うん……心配ってより不安にさせせんだろ？　俺がカナに何かしないかって。だから、そうだな…………俺、マネたちからのチョコ貰《もら》わない」

「え……？」

「去年のさ、義理でも伝統でもカナが作ったものなら……いや、志保とか先輩《せんぱい》とかも一緒《いっしょ》に作ったたって知ってるけど、それでも嬉《うれ》しくてまだ俺食べてねーもん。そういうのが未練ってことなんだろうし、今年のは貰わない。ついでに義理チョコは全部断る！　で、本命チョコ貰えたらその子と付き合う」

思いつきだったけど、口にしたらすらすらと出てきた。途中《とちゅう》、去年のチョコを食べてないってあたりで志保がドン引きしてるの分かったけど、決意を聞いていて欲しくて最後まで宣言する。

「本命……貰えんの？」

「そこは突《つ》っ込むなよ。願望だし。けど、万が一ってこともあるわけで……」

実際、本命チョコなんて貰ったのは中二が最後だ。あとは小学生の頃《ころ》。足が速い男が一番格好良かった時代が俺のモテ期だった。

「本気で？」

「おう。男に二言はない」

完全にやせ我慢《がまん》だが、宣言するとそれはそれで爽快《そうかい》だった。カナは俺の理想と言っても過言じゃなかったわけだが、カナにはカナの理想の男がいて、それは翔平なのだ。一発逆転もなにもない。

命短し恋《こい》せよ乙女《おとめ》（オレ！）。

二人乗りだけじゃない。手つなぎで下校したいし、放課後の教室でキスとかしてみたい。

人生はまだまだ続くかもしれないけど、高校生にしかできない青春には限りがある。

だからここから始めるんだ。

＊

「君たち。俺、今年は義理チョコ受け取らないから」

「……はあ？」

「その代わり、本命チョコは大歓迎！」

グッと親指を立ててキメ顔を作ると、雑談中だった三人が揃《そろ》いも揃って眉間《みけん》に皺《しわ》を寄せて返す。

こうなりゃ周知徹底《てってい》とばかりにあちこちで宣言して歩いている最中だった。お調子者で通っているせいか、誰《だれ》に言っても「やっぱ貢平《こうへい》ってバカ」って反応しか返ってこない。

「義理すらあげる予定ないけど」

「とか言って……」

「ばーか」

クラスメイトに鼻で笑われたところで、過度な期待はやめとけと男友達に肩を叩《たた》かれる。おまえこそと言い返そうとして、先月から一年の子と付き合い始めたことを思い出した。

「ま、人生は何が起きるか分からんし」

慰《なぐさ》めなのかどうかも分からないようなことを言われながらも、あちこちでふざけ半分で宣言して回る。

誰とでも気軽に話す性格のおかげで、なんだかんだ義理チョコを貰う機会は多かった。それだけに、ちょっともったいないような気もするが、けじめをつけるためだと意地を通す。

「滝《たき》くん、滝くん」

昼休みもあと少しで終わろうという頃、呼ばれて振り返るとそこにはカナがいた。小柄《こがら》で色白でところどころピンク色をしている。ほっぺただとか、唇だとか、指先だとか。

口をきゅっと引き結んだり、笑ったりするとカナの頬《ほお》には深いえくぼができた。諦《あきら》めると決めているのに、そんな何もかもが可愛いと思ってしまう。

けど、男なら大抵《たいてい》そんなもんだろ?

「チョコ貰わないって本当?」

「そうそう。だからマネたちからのチョコも辞退させてもらうし、俺の分作んなくていいから」

カナは体格のいい俺や翔平の胸元くらいまでしかない。キスするなら思い切り身体を屈《かが》めないといけないだろう。

実際に昨日見たシルエットでは翔平の腰が深く曲げられていた。だけどそんな夢を見るのももう終わりにする。

「なんか……仲間外れにするみたいで嫌だな」

「違うって。俺が辞退するだけだし」

カナは本当に？　とでも言いたげな顔で俺を見上げる。頬にできた窪《くぼ》みが可愛くてたまらないから、急いで目を逸らした。

「俺は真実の愛を探しに出るから」

「……頑張ってね」

カナは何言ってるんだろうって顔をしたが、予鈴《よれい》が鳴るのを聞いて慌てて会話を締《し》めくくった。

＊

二月に入った途端《とたん》の大寒波。部活は基礎《きそ》練習が中心となり、ラン&ラン。トスバッティングを挟《はさ》んでまたラン。

早くなった日暮れに合わせているせいで、夏場より練習時間は一時間も短い。

「貢平、ちょっと手伝って」

着替えに戻ろうとしていた俺を志保が引き止めた。薄闇《うすやみ》でも吐《は》く息の白さが見て取れる。身体を動かしている俺たちと違い、マネージャーたちは本当に寒そうだ。

「なに？」

「ボールが一個引っ掛《か》かってんの。それ取りたいんだけど」

「そんなの一年にやらせればいいのに」

「私が気づいたんだから仕方ないじゃん」

安くない備品を大事に使うのは鉄則だ。ボールの一つまで残さず集めようとしてくれている気持ちはありがたい。

志保が案内した場所は部活用ではなく、体育用の用具倉庫だった。その雨どいにボールがぽこんとはまり込んでいる。

足場に使った椅子《いす》が置いてあるが、それでは志保には足りなかったようだ。椅子に乗り志保が言う「この辺」に手を伸ばしたが、指先がなんとかかかるくらいでボールを掴めない。

「無理っぽい」

「困ったな」

辺りには他に台になりそうなものはない。グローブを持って来ればよかったと思ったが、取りに戻るのは億劫《おっくう》だった。

「志保、肩車するから取って」

「え……」

「椅子乗って。持ち上げるから」

「やだ」

「大丈夫だって。志保軽いし」

どーんとこいとゼスチャーするが、志保はふるふると首を振った。

「やっぱりもういい……明日、一年の子に頼《たの》む」

「おっけ」

自転車の時もそうだったが、志保は高いのが苦手なのかもしれない。無理強いすることもないかと、ボール回収は明日に回すことにした。

「……わざわざ来てもらったのにごめ……っ、きゃ」

ザザザ……風が木々を揺《ゆ》らす。思わず目を瞑《つむ》るほどの強い風が吹《ふ》きすさんだ。

驚《おどろ》いたのは俺だけじゃなかったらしい。椅子を降りた志保が俺の腕に飛びついてくる。

ウインドブレーカー越《ご》しに腕をぎゅうっと摑んだ志保が、身体に触《ふ》れそうなほど近づいた。風に煽《あお》られた髪《かみ》からは甘《あま》い香《かお》りが立つ。

「風じゃね？」

「あ……」

葉がさざめくのと連動するように俺の胸もざわざわと落ち着かない。

気丈《きじょう》な志保にも怖いものがあることとか、力いっぱい縋っても腕を痛めないくらいの強さしかないこととか、簡単に包んでしまえそうな肩の細さとか、そういうのがたまんなくていつもの軽口を叩こうにも言葉が出てこなかった。

「ごめん」

強張った手がゆっくり引き剝《は》がされる。闇に浮いたその細くて頼りない手を俺は思わず摑んでいた。

「な、なに」

「や、寒そうって思って」

思い切り力を入れたら折れてしまいそうな指を優しく包んだ。

今まで何気なく触れることもあったそれが大切な宝物みたいに見える。体つき同様に華奢《きやしや》な指先は短く爪《つめ》が切りそろえられていた。

「帰ろっか……寒くなってきたし……っ」

じっとそれを見つめていると、するりと宝物が手から引き抜かれた。翻《ひるがえ》った背中を追いかけてその隣に並ぶ。志保は左手を自分の右手で摑んで、胸元で組んでいた。

「今日も二人乗りする?」

「……しない。でも……一緒に帰る……貢平が急いでなかったらだけど」

俯いた志保の表情が硬《かた》い。まださっきの風に驚いたことを引き摺《ず》っているのかもしれない。二年近い付き合いだけど、志保が案外怖がりなことは知らなかった。

「おう、おっけー。着替えたら自転車置き場で待ってる」

部室の前で別れると、まだ着替えをしている部員が十人ほど残ったプレハブに入る。ロッカーを開けたところで翔平に「何してた?」と聞かれた。

「ボール引っ掛かってんのが見えたから取りに行ったけど、届かんかった」

「どこ?」

「体育の用具倉庫」

ああ、と翔平も頷く。

「明日俺が行ってみる」

と、気のいいキャプテンは言うが、一年に頼むからと断る。部室を出ると寒さが一層染み入り、俺は自転車置き場へと急いだ。

*

「滝くん、本当にいいの?」

カナの手にはみんなに配ったのと同じトリュフが四つ入った透明の袋《ふくろ》が握《にぎ》られて

いる。

総勢五十五名の部員プラス引退した二十九名の先輩のために作ったとすれば三百三十六個も同じものを作り、それぞれにラッピングしたことになる。五人のマネージャーで手分けしたとはいえ、かなり大変だったことだろう。

事前にいらないと言っていたにもかかわらず俺の分まで用意してくれていたことに感動する。

だけど、ここでこれを受け取ってしまっては俺の意地が立たない。

「わざわざ用意してくれたのにゴメン。今年はマジで本命しか受け取らないから！」

おつかれーとカナをかわして自転車置き場に向かう。義理チョコを断り続けた結果、俺の収穫《しゅうかく》はゼロだったが、それはそれで清々《すがすが》しい……と、思うしかない。

なんて嘘《うそ》だ。バレンタインなんか大嫌いだ。

モテない男には現実を思い知らされる辛《つら》いだけの日になる。身の程を弁《わきま》えていても、強制的におまえの評価はこうだぞって突きつけられるのだから。

さっさと帰って寝《ね》てしまおう。

早くこんな日を終わらせたくて早足になった。まだ校舎に明かりが残っていることを確かめて、中庭を突っ切るルートを選択《せんたく》する。

「貢平！」

志保だ。声だけで判断して振り返る。呼ばれたから。ただそれだけの理由で。

そこに何かが飛んでくる。

中学でソフトボールをやっていたという志保のコントロールは抜群《ばつぐん》だった。真っすぐに俺に向かってきた何かは、校舎の明かりを受けて一瞬《いっしゅん》キラリと光る。

レギュラーと補欠の境にいる俺だが、さすがに外さない。志保が投げたそれは俺の肌に当たりパシと小さく音を立てた。

手のひらを上に向けて拳《こぶし》を開けば、そこには小さな銀色の星。

「これ……」

思い当たるところがあって鼻先に寄せると、案の定包み紙からチョコレートの甘い香りが零《こぼ》れていた。

「だから、今年は本命しか受け取らないんだって」

志保が俺を憐《あわ》れんでいることくらい分かるから、なるべく明るい声で言った。

バレンタインだからじゃなくて、お菓子《かし》のお裾分けだって言い訳できそうなちっちゃなチョコレート。その義理にも満たない素っ気ないチョコを志保に返すために来た道を戻る。

つまんない俺だけの儀式《ぎしき》かもしれないけど、カナに向けていた思いを断ち切るためには必要なことだから。

志保はまだジャージ姿だった。唇をぐっと引き結んでいて顔が険しい。自分にも周りにも厳しいせいで誤解を生みがちだが、本当はすごく優しいことを部員なら誰でも知っている。実際志保から部員用じゃないチョコを貰いたがっている男は何人もいた。

「志保——」

「知ってる!」

あと三歩。それくらいの距離《きょり》に来たところで志保はそう叫《さけ》ぶと走り出した。くるりと翻ったところで長いふたつ結びの髪が弧《こ》を描《えが》く。それくらいの機敏《きびん》さで走り出した背中が遠ざかる。

知ってるって……え？

志保の声を頭の中で何度も繰《く》り返して聞く。「知ってる」。確かに志保はそう言った。

まだ手の中にある銀色の小さな星。

今年義理チョコを断った理由を、唯一《ゆいいつ》知っている志保がくれたその星に込められた思いがあるとしたら。

「志保！」

遠くなった背中を慌てて追いかける。マネージャーをやらせておくのは勿体《もったい》ない健脚《けんきゃく》が校舎の間を駆《か》け抜けてグラウンドに出ていくのが見えた。

俺は荷物をかなぐり捨てスピードを上げる。

小さな星を手に、追いつけ、追いつけと願いながら。

［ 5分後に切ないラスト ］

Hand picked 5 minute short,
Literary gems to move and inspire you

レシピ

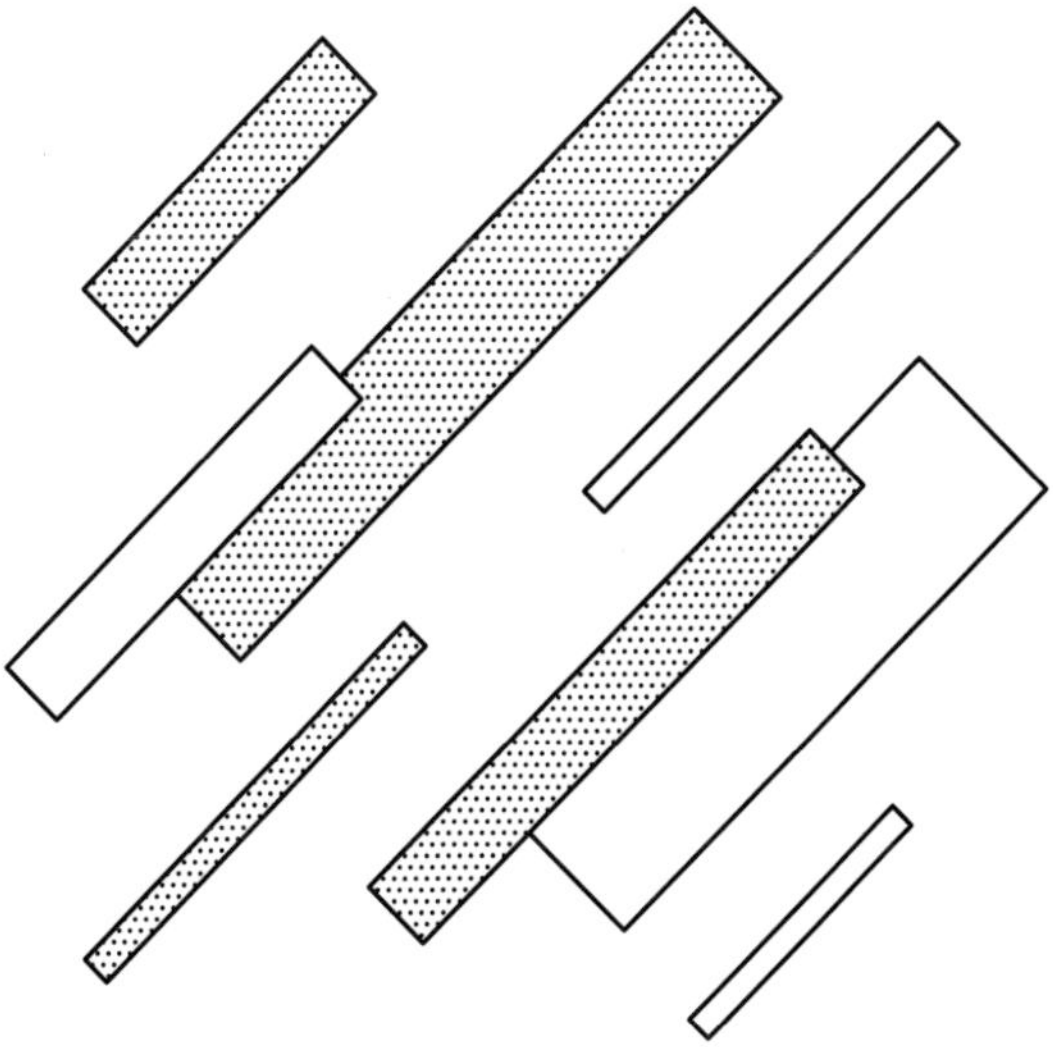

kaku

その人物は、約束の時間きっかりに現れた。

金髪《きんぱつ》に近い茶色の髪《かみ》は、てっぺんの部分が黒くなっていてプリンのようだった。化粧《けしょう》はしているみたいだが、上下黒のスウェットで、まるで家の中にいるような格好だ。

だけど、顔立ちはやっぱりお袋《ふくろ》によく似ていた。

それはそうだろう。

彼女《かのじょ》は、お袋が産んだ、唯一《ゆいいつ》の子どもなのだ。

「いらっしゃいませ」

俺は座っていた椅子《いす》から立ち上がり、頭を下げた。

たとえどんな格好で来ようとも、俺の店に来てくれたら客なのである。

頭を下げるのは、礼儀《れいぎ》だった。

「あんたが、西本《にしもと》さん?」

甲高《かんだか》い声で話しかけられる。

「はい。西本武《たける》です。この度は、わざわざお手数をかけまして、申し訳ありません」

「で？　私はいくらもらえるの？」

そうして、椅子に座るなり、彼女は言った。

開口一番の言葉は、どちらもお袋の死を悼《いた》むものじゃあなかった。

「それに対しては、私が説明させていただきます」

と、その時俺の隣《となり》に座っていた弟の徹《とおる》が、ペコリと頭を下げながら言った。

「弁護士の西本徹です」

「御託《ごたく》はいいから。私はいくらもらえるのよ」

その言葉以外に言うことはないのか、再度彼女は同じ内容のことを言う。

「それについては、これからご説明します。兄貴、ここはいいから」

それに対して、弟はにこやかな表情で答えながら、最後は俺に向かってそう言った。

その表情から、内心はとても怒《おこ》っていることが見て取れる。

確かに、実の母親が亡くなったというのに、彼女から出てくる言葉は、「いくら自分はもらえるのか」――つまり、遺産のことばかりだ。

だが、弟とて弁護士として、この手の現場は幾度《いくど》となく見てきたはずだ。

俺がしゃしゃり出て話をややこしくするよりも、断然上手くやるだろう。

俺は弟の言葉に頷《うなず》くと、テーブルの席から、厨房《ちゅうぼう》へと足を向けた。

お袋が親父と再婚《さいこん》したのは今から二十五年前、俺は八歳《さい》で弟は五歳だった。

実の母親のことは、あまり覚えていない。

ただ、「死んだ」とは聞いていないし、親父からは、最後まで実の母親のことを聞くことはなかった。

だけど、物心付いた頃《ころ》には母はいなくて、父と弟と三人で暮らしていたから、こんなものかな、と正直子ども心にもそう思っていた。

だから、親父の再婚で「母親」ができた時は、とまどった。

だけど、お袋はおおらかな人で、そういった俺のとまどった気持ちもわかってくれていた。

俺とお袋が仲良くなったきっかけは、料理だった。

俺は、小学校に上がった頃から弟のために、簡単なおやつは作るようになっていた。

火は絶対に使わないように親父に言われていたから、握《にぎ》ればできるとか、オーブントースターで焼けばできるとか、混ぜれば完成とか、まあその程度のものだったが。

だけど父子家庭の食事の事情なんて推《お》して知るべしだったから、お袋の手料理を初めて見た時は、正直、感動した。

そして食べてみて、さらに感動した。

『これ、どうやって作るの？　俺も作ってみたい』

当時、すぐに懐《なつ》いてくれた弟と違《ちが》って、どこか俺とはぎこちなさを感じていたらしいお袋にとって、俺のこの言葉は渡《わた》りに船だった。

俺のこの言葉に勢いよく頷いたお袋のおかげで、俺は気付けば小学校の高学年になる頃には、弁当男子ならぬ、弁当少年となっていた。

自分の弁当はもちろん、弟の弁当も作った。

そのせいか、弟は俺の味に慣れてしまい、学生時代そこそこはもてていたのに、『兄ちゃんの方が上手い』と差し入れに暴言を吐《は》いて、女の子からひんしゅくを買ってしまったこともあったらしい。

とにもかくにも、そうやってお袋の指導の下、料理にはまった青春時代を送った俺は、当然のことのように将来の仕事も、料理人になることを望んだ。

そんな俺に対して、お袋と親父は、最初あまり良い顔はしなかった。

料理は趣味《しゅみ》として続ければ良い。

もっと、手堅《てがた》い仕事についてはどうか、とも言われた。

けれど、俺の夢はもう固まっていたし、「どんな仕事をしたい？」と聞かれて、やりたい！　と思ったのは料理の仕事だった。

最後には、お袋も親父も俺の夢を認めてくれた。

そうして、専門学校に行って、就職して。その間、お袋はずっと俺のことを心配してくれていた。

それはもう、ごく一般《いっぱん》の「母親」そのものの姿で、俺達が実は血が繋《つな》がっていないことなんて、すっかり忘れていた。

二年前に俺が独立を決意した時も、「使いなさい」と、親父の遺産を俺達にそれぞれ分けてくれた。

さすがにもらえない、と言ったのだが、笑いながら「あんた達が、これから少しずつ私に返してくれればいいのよ」とお袋は答えた。

だから。

俺も弟も、お袋には頭が上がらなかった。

それから、弟も俺も必死に勉強したり働いたりして、何とか自分の仕事を軌道《きどう》に乗せた頃、お袋が亡くなった。

倒《たお》れてから逝《い》くまで、あっという間だった。

そしてお袋の死後、俺達は初めて知ったのだ。

お袋には、子どもがいたことを。

お袋は親父と結婚する前、一度若くして結婚していたのだ。

その時に、子どもを一人、産んでいた。

離婚《りこん》した時には高校生になっていた彼女は、俺よりも十歳上だった。

俺も弟も、お袋から彼女のことを聞いたことはなかった。

遺品にも、彼女の写真はなかった。

それどころか、お袋が生まれてから前の結婚をするまでと、俺の親父と再婚してから今までの写真はあるのに、前の結婚をしていた頃の写真は、一枚もないのだ。

ただ。

一つだけ、遺された物があった。

俺は厨房に入ると、下ごしらえをしていた物を冷蔵庫から出した。

今日は店休日だから、慌《あわ》てなくても良い。

けれど、絶対彼女には食べて欲しくて、俺は手早く下ごしらえをしていた物達を調理台の上に置くと、鍋《なべ》に火を入れた。

レシピは頭の中に叩《たた》き込《こ》んだから、後はレシピどおりに作るだけである。

俺は、材料を鍋で炒《いた》めると、そこに水を注いだ。

それから、お袋がレシピに書いていた、カレーのルーを三種類、ボウルの中に割って入れた。

配合は、レシピに書いてあるとおりにしなければならないから、はかりを使った。

そうして、沸騰《ふっとう》し始めた鍋から、灰汁《あく》を玉じゃくしで取ると、鍋にカレーのルーを入れた。焦《こ》がさないように玉じゃくしでかき混ぜて、ガスの火を弱火にする。

しばらく煮込《にこ》んでいる間に、洗い物をした。

そうしているうちに、炊飯器《すいはんき》がご飯の炊《た》き上がったことを知らせる。

俺は手早く洗い物を済ませると、カレーの鍋を覗《のぞ》き込んだ。

シーフードカレーは、お袋の得意料理だった。

だけどこれは、お袋がよく俺達に作ってくれたレシピではなかった。

塩コショウでカレーの味を調え、炊き上がったご飯を器に盛った。

そこに、作ったばかりのカレーをかける。

付け合わせのサラダにかけるのは、これもまたお袋特製のレシピだ。

だけど、これも俺達は知らない味だった。

デザートは、ケシュキュル。

これは、アーモンドをミキサーでペーストにした物を、牛乳で延《の》ばして、砂糖で味付けして、コーンスターチで固めた物だった。

トルコのお菓子《かし》で、俺達は食べたことがなかった。

彼女の来る数時間前から作っていたから、十分に冷えている。

俺は、それらの物を全部トレイの上にセットすると、厨房を出た。

「どういうことよ!?」

厨房を出たとたん、彼女の叫《さけ》び声が聞こえた。

「今ご説明したとおりです。あなたの取り分は、この通帳分の現金になります」

「馬鹿《ばか》にしないでくれる！」

がたんっと彼女は椅子から立ち上がった。

「なんでこんなはした金になるのよ！　どうせあんたらが懐《ふところ》に入れたんでしょうがっ！」

「母の遺品なら残っています。私達には使えそうにない物ばかりなので、あなたが引き取られますか?」

「金になるものはあるの!?」

「現金化できそうなものは、全てしましまして、その通帳に入れてあります」

弟は、顔を真っ赤にして叫ぶ彼女に、そう静かに答えた。

実際、弟の言うとおりだった。

お袋は、自分の「財産」と言うべきものは、ほとんど遺していなかった。

生前、弁護士に依頼《いらい》して、ほとんどの遺産《もの》を、俺達名義にしていたのだ。

『自分が死んだ後に、余計なトラブルは起こしたくない』

それが、お袋の言葉だったらしい。

お袋は、自分の娘《むすめ》が、自分の死後こんな風に遺産で文句をつけて来ると、予想していたのだろうか。

前の結婚生活の思い出の品は、ほとんど持っていなかった。

ただ、唯一残っていたのは。

「ここの店の主人が出した本の印税だって、あるでしょうが!」

彼女は、またしても叫んだ。

確かに、俺はこの店を始める前に、ブログで発表していたプライベート用のレシピを本にまとめて出版したことはあった。

そこそこ売れたは売れたけど、彼女が思うほどのお金になったわけではない。

せいぜい、サラリーマンの給料数か月分だった。

「それは、あなたには何の関係もありません。純粋《じゅんすい》に兄の物です」

彼女には、俺が得た印税すらも自分が手に入れることができる、と思えたのか。

「ただ、あなたに渡すべき遺品はあります」

だけど、彼女が叫びだす前に、弟はそう言葉を続けた。

「これです」

その弟の言葉と同時に、俺は彼女の前にトレイを置いた。

「何、これ」

並べられた料理を見て、彼女は呆然《ぼうぜん》となった。

「母が、あなた用に作っていたレシピノートから作ってみました」

俺は、彼女にそう言った。

お袋が前の結婚生活の物で唯一残していたのが、料理のレシピノートだった。それは、偏食《へんしょく》がひどかった娘のために、お袋が試行錯誤《しこうさくご》して作ったレシピだった。

食感が良い物、食べ易い物、そして珍《めずら》しい物。

少しでも、娘が食べてくれるようにと、様々な工夫がされたレシピだった。

「何よ、これ！」

目の前に置いたトレイを見て、彼女は言った。

「こんな……こんな、まずそう――」

だけど。

そこで、彼女の言葉は止まった。

そうして、じっと、置かれた料理を見つめる。

それから、顔を手で覆《おお》った。

お袋と彼女の間に、何があったのかはわからない。

離婚した時、なぜ彼女が父親のもとに残ったのか、なぜ、お袋と連絡《れんらく》を取ろうとしなかったのか。

そしてなぜお袋は、彼女と連絡を取ろうとしなかったのか。

親父との再婚は、離婚してから三年後のことだったから、連絡を取り合っていてもおかしくはなかったはずなのだ。

決して幸せではなかったのは、前の結婚での思い出を、彼女のための料理ノート以外、何も残さなかったことからも、わかっている。

だが、それ以外にも、何かお袋と彼女の間には確執《かくしつ》があったのかもしれなかった。

それは、お袋が死ぬまで消えることはなかった。

けれど。

確かに、あったのだ。

お袋の作った料理を見て、彼女が目を輝《かがや》かせて、それから一口食べて、「美味しい！」と言った瞬間《しゅんかん》が。

それを見て、お袋が微笑《ほほえ》んだ時間が。

俺達と同じように。

「母さん……母さん……」

顔を手で覆った彼女からは、小さくそんな呟《つぶや》きが聞こえた。

「もらってください。これは、あなたの物です」

そう言って、俺は弟から一冊のノートを受け取ると、料理が載《の》ったトレイの横にそれを置いた。

「こずえちゃんのレシピ」

古ぼけたノートには、お袋の字で、丁寧《ていねい》にそう書いてあった。

本書は、小説投稿サイト「エブリスタ」が主催する短編小説賞「三行から参加できる　超・妄想コンテスト」入賞作品から、さらに選りすぐりのものを集め、大幅な編集を施したものです。

本書の内容に関してお気づきの点があれば編集部までお知らせください。info@kawade.co.jp

5分後《ふんご》に切《せつ》ないラスト

2018年7月30日　初版発行
2022年2月28日　6刷発行

［編　者］　エブリスタ
［発行者］　小野寺優
［発行所］　株式会社河出書房新社
〒一五一－〇〇五一　東京都渋谷区千駄ヶ谷二－三二－二
☎〇三－三四〇四－一二〇一（営業）　〇三－三四〇四－八六一一（編集）
https://www.kawade.co.jp/

［デザイン］　BALCOLONY.
［印刷・製本］　中央精版印刷株式会社

ISBN978-4-309-61220-1　Printed in Japan

エブリスタ
国内最大級の小説投稿サイト。

小説を書きたい人と読みたい人が出会うプラットフォームとして、これまで200万点以上の作品を配信する。

大手出版社との協業による文芸賞の開催など、ジャンルを問わず多くの新人作家の発掘・プロデュースをおこなっている。

http://estar.jp

「5分シリーズ　刊行にあたって」

今の時代、私たちはみんな忙しい。
動画UPして、SNSに投稿して、
友達みんなに返信して、ニュースの更新チェックして。

そんな細切れの時間の中でも、
たまにはガツンと魂を揺さぶられたいんだ。

5分でも大丈夫。
短い時間でも、人生変わっちゃうぐらい心を動かす、
そんなチカラが小説にはある。

「5分シリーズ」は、
5分で心を動かす超短編小説を
テーマごとに集めたシリーズです。
あなたのココロに、5分間のきらめきを。

エブリスタ × 河出書房新社

5分後に涙のラスト

感動するのに、時間はいらない——
過去アプリで運命に逆らう「不変のディザイア」ほか、最高の感動体験8作収録。

ISBN978-4-309-61211-9

5分後に驚《きょう》愕《がく》のどんでん返し

こんな結末、絶対予想できない——
超能力を持つ男の顚末を描く「私は能力者」ほか、衝撃の体験11作収録。

ISBN978-4-309-61212-6

5分後に戦《せん》慄《りつ》のラスト

読み終わったら、人間が怖くなった——
隙間を覗かずにはいられない男を描く「隙間」ほか、怒濤の恐怖体験11作収録。

ISBN978-4-309-61213-3

5分後に感動のラスト

ページをめくれば、すぐ涙――

家族の愛を手に入れられなかった男の顛末を描く「ぼくが欲しかったもの。」等計8作。

ISBN978-4-309-61214-0

5分後に後味の悪いラスト

最悪なのに、クセになる――

携帯電話に来た「SOS」から始まる「暇つぶし」ほか、目をふさぎたくなる短篇13作。

ISBN978-4-309-61215-7

5分間で心にしみるストーリー

この短さに込められた、あまりに深い物語――

宇宙船襲来後の家族の絆を描く「リング」ほか、思わず考えさせられる短篇8作収録。

ISBN978-4-309-61216-4

5分後に禁断《きんだん》のラスト

それは、開けてはいけない扉――
復讐に燃える男の決断を描く「7歳の君を、殺すということ」など衝撃の8作収録。

ISBN978-4-309-61217-1

5分後に笑えるどんでん返し

読めばすぐに「脱力」確定!
美術館に通う男の子が閉館直前に発した言葉とは? 「美術展にて」など笑撃の15作収録。

ISBN978-4-309-61218-8

5分後に恋するラスト

友達から恋に変わる、その瞬間――
人気声優による朗読で話題となった「放課後スピーチ」など、胸キュン確実の10作収録。

ISBN978-4-309-61219-5

5分シリーズ+

短編小説「5分シリーズ」から生まれた衝撃作

意味が分かると怖い話

藤白圭

気づいた瞬間、心も凍る！

1分で読めるショートショート

穏やかな「本文」が「解説」によって豹変？

69編を収録した、病みつき確実の新感覚ホラー短編集！